六爻伍·返璞归真

Priest / 著

北京时代华文书局

图书在版编目（CIP）数据

六爻伍·返璞归真 / Priest 著. -- 北京 : 北京时代华文书局, 2019.5
ISBN 978-7-5699-3013-9

Ⅰ. ①六… Ⅱ. ①P… Ⅲ. ①长篇小说－中国－当代 Ⅳ. ①I247.5

中国版本图书馆 CIP 数据核字 (2019) 第 069389 号

六爻伍·返璞归真

LIUYAO WU FAN PU GUI ZHEN

著　　者 | Priest

出 版 人 | 王训海
选题策划 | 赵　雷
责任编辑 | 张　科
特邀策划 | 号　号　李姣姣
装帧设计 | 商块三　西　少
责任印制 | 刘　银　荆永华

出版发行 | 北京时代华文书局 http://www.bjsdsj.com.cn
北京市东城区安定门外大街 136 号皇城国际大厦 A 座 8 楼
邮编：100011　电话：010-64267955　64267677　57735442
印　　刷 | 北京盛通印刷股份有限公司　010-52249888
（如发现印装质量问题，请与印刷厂联系调换）
开　　本 | 787mm×1092mm　1/32　　印　　张 | 8.75　　字　　数 | 141 千字
版　　次 | 2019 年 6 月第 1 版　　印　　次 | 2019 年 6 月第 1 次印刷
书　　号 | ISBN 978-7-5699-3013-9
定　　价 | 55.00 元

目录

第一章　故里

程潜醒来的时候，已经身在石芥子里了。

日头尚未升到中天，石芥子变成了朱雀塔边时撑开的那个小院，绿荫将血气掩了去，好像个短暂的世外桃源。

一只手搭在他的额头上。

程潜将那只手拉了下来，睁眼，便看见了大师兄——他躺在严争鸣腿上。

那掌中多了好几道细碎的新伤，细看，还有长期握剑留下的茧，像是布满了陈年的风霜，如今只剩下一个看似光洁的手背，还在假充着自己游刃有余。严争鸣任凭他握着，却没给好脸色，他眉梢一吊，做出一个老大不耐烦的表情，说道：“醒了就赶紧起来，腿都让你压麻了。”

程潜浑身软得没力气，赖着不动，定定地看着他。

严争鸣被他的目光盯得不自在，便说道：“差点冻成僵尸吧？看你下次再逞……”

程潜突然不知哪根筋搭错了，招呼也不打地将他的手凑到自己嘴边，轻轻在他手心呵了一口气。

严争鸣立刻数落不下去了，他克制地小小地抽了一口凉气，同时轻微地哆嗦了一下，歪歪扭扭地勉强端住了自己镇定的假象，舌头一时间打了结，感觉自己有点“外嫩里焦”。他吭哧了半晌，低声道：“我看你伤得不重，还有心调戏掌门。”

严掌门说这话的时候面无表情，神色端庄得有几分肃穆，仿佛马上能去干超度亡灵的差事，声音却温柔得能掐出水来。

三斋九戒，求之不得。

可惜程潜灵玉为身，欠风欠月，左手抱着满腔真与意，右手举着纸上花与雪，中间是一根顶天立地的木头骨。

木头桩子没接话茬，却一翻身搂住了严争鸣的腰，将自己埋在他胸口下。

石芥子中安然寂静，程潜脑子里先是纷纷扰扰地闪过外面的一场乱局，什么“十方誓约”，什么“听乾坤”，什么正道与魔道……千百般麻烦从他心里排着队地呼啸而过，被累得要命的程潜一袖子扫了，他心道：“管他呢，我要先睡一觉。”

严争鸣熟悉的气味中混杂着一点清苦的药香，程潜窝在他怀里，心里宁静得澄澈一片，不由自主地想起扶摇山庄中那个日上三竿的荒诞梦境。

他长到这么大，亲眼见过的陪伴，就只有农夫村妇们搭伙过日子，那些凡人们整日里家长里短、吵吵闹闹，也看不出有什么特殊的恩爱。这些年程潜不是清修就是闭关，要么就是沿着世道颠沛流离，连怎样懵懂都没来得及学会，就被赶鸭子上架地兜头泼了一盆人间情谊。

程潜只能全凭着自己，无头苍蝇一样地胡乱摸索。

严争鸣被他猝不及防地这么一搂，两条胳膊登时给吊在了一边，无处着力地僵了片刻，他发现程潜没有一点打算放开他的意思，于是又好笑又无奈地问道："你这是干什么？"

程潜微微侧过脸，迷迷糊糊地半睁开眼，眼神里似乎带了一点氤氲又倦怠的笑意，看了严争鸣一眼："师兄。"

严争鸣不由自主地屏息凝神起来，可是等了半晌，怎么都没能等到程潜下一句话，再一看，程潜居然自顾自地没了声息。

睡着了？

严争鸣这才小心翼翼地将自己的手放了下来，拢过他散落在自己膝头的长发，自言自语地道："叫一声又不说什么事，你可真是越来越放肆了。”

话刚出口，那本该已经睡着了的程潜突然开了口，他非常轻、但绝不含糊地说道：“我不知道怎么待你，才算是好，但无论如何，我绝不负你。”

严争鸣乍一听见这话，呆若木鸡了半晌，梦游似的问道：“你说什么？”

重要的话说一遍就够了，程潜不肯再言语，微微偏了一下头，这回是真要睡了。

严争鸣却不依不饶地扒过他的肩膀，喋喋不休道：“铜钱，你刚才说了什么，再给我说一遍！”

程潜几次三番被他硬生生地叫醒，烦得不行，心道：聒噪死了，还让不让人消停了。

可这话到了嘴边，却左冲右出地开不了口，程潜愕然发现，自己有一天竟也会不忍心开口骂他。于是程潜竖起一根手指在嘴边，依然闭着眼睛，嘴角微微挑起，露出了一个似是而非的笑容来。

严争鸣的眼眶忽然有些发热，一口气憋在胸口，时间稍长，竟微微地发起疼来。他总在怀疑，心魔谷里程潜那样做，只是因为窥见了他的心魔，为了让他不为心魔所困的权宜之计，这些事他未必真心，也未必真懂。

哪怕是真心，日后他若是因此耽误修行，就不会后悔吗？

直到听见这句话，严争鸣忽然感觉，哪怕有一天小潜真的烦了他,厌了他,抱着这句话,也足够支撑他过完漫长的修士生涯了。

何况程潜从来一诺千金，世上再没有比严争鸣更清楚的了。

太阴山下的十方阵终于成了一场闹剧。

唐轸那大八卦盘子也不知是什么神物做的，直到十方阵破都没有碎，怡然从天而降，落在尸山血海上。当中血誓还在，那么依照约定，眼下的局面是魔修一方输了。

可惜，一时半会没人顾得上去论这个输赢。

三王爷爆体而亡，化骨阵破，缓过一口气来的修士们一拥而上，将与唐轸僵持半晌的玄黄拿下了。完事以后，满腔仇怨的众人一起面面相觑，简直不知此事该从何说起。

是天衍处用上古除魔印将各大门派强迫到此，与魔修一战，这一战虽说虎头蛇尾，困死在十方阵里的高手却有不少，中途又被天衍处叛逆设局搅和，埋下化骨阵，三王爷驱使潜伏在各门派中的奸细反水，杀的人比死在十方阵中的还多，这又是一笔血债无处讨。

偏偏……最后以身破阵，将众人从化骨阵里放出来的依然是天衍处的人。

三角恋情已经够让人焦头烂额的，更别说这三角仇恨。

太阴山下满目疮痍，收尸的收尸，疗伤的疗伤。而九圣已死，众魔修损伤大半，群龙无首，生怕吃了亏，都纷纷离开了。

按着约定，韩渊应该跟天衍处上京，可是天衍处在自相残杀中基本上没剩几个人了——吴长天死了，玄黄被各大门派吊起来兴师问罪，游梁失魂落魄地带走了吴长天的衣冠，人已经不见了踪影，剩下一帮小鱼小虾，哪怕有血誓压着，也没人真敢来招惹他。

弄得韩渊这天下第一魔头百无聊赖地蹲在石芥子门口，不进去，也没走远。

李筠从石芥子中出来，心情有些复杂地注视了他一会儿，抬起的手足足悬空半晌，又黯然撂了下来——他有点恍惚，然而眼前人已经不再是跟着自己掏鸟窝的那个孩子了。

韩渊闻声回头看了他一眼，没吭声。

李筠开口道："你打算怎么办？"

韩渊还算心平气和地想了想，略带嘲讽地问道："我说了能算吗？"

李筠一时无言以对，韩渊又问道："程潜还活着吗？"

李筠："……只是脱力了，过一会儿他就能调息过来。"

韩渊冷嘲热讽道："是吗？我看方才你们严掌门心急火燎那样，好像是老婆快临盆了。"

李筠："……"

韩渊抬头看了一眼石芥子化成的小院落，看见水坑远远地坐在墙头望着他，却不过来。

可能是跟他没什么话说，也可能是怕他。

谁让他说过要抽她的骨头呢？

韩渊似乎是自嘲，又似乎是愤世嫉俗地冷笑了一声，感觉自己在这里可能有些碍眼，便转身往十方阵的残阵方向走去。

李筠却踟蹰片刻，突然开口叫住了他。

李筠好像当年在山穴潭边，承认自己是有意将韩渊骗进后山时那样，似乎是鼓起了极大的勇气，他说道："你知道扶摇山至今不开，是因为师父在掌门印里加了天地人三道锁吗？"

韩渊微微挑起眉，冷漠地看着他，仿佛在说"这是你们门派内部的事，与我有什么相干"。

李筠定定地看着他，说道："要开人锁，需要我们五个人的真元——五个人，包括你。"

韩渊听了，先是讶异，随后他的脸细微地抽动了一下，好像被最亲近的人抬手打了一巴掌，心头凭空涌起一腔窝心的委屈，无处诉说。

李筠放轻了声音，问道："小渊，那个三王爷袖子里掉出来的真是三生秘境吗？你在里面看见了什么？"

韩渊冷笑："看见你们这些人都死了，高兴吗？"

李筠听了这形同陌路似的冷言冷语，一时没有吭声，脸上却有悲意。

这时，石芥子墙头上的水坑忽然开口道："三生秘境算的是天道，我扶摇一派自古只走人道，与那些不相干的，谁信谁……谁……呃，那个、那个什么……"

最后那词显然是颇为不雅的，水坑没敢说出来，支支吾吾地混过去了。

无论是前面的骄狂，还是后面的出言不逊，听起来都不大像她的口气，韩渊一听就知道她是学舌传话，嘴角微微一提："替我转告严掌门，管好他自己的事吧。"

说完，他走了几步，忽然又停住，转眼身体又换了主人。

另一个韩渊脸上戾气消散，转过头去对李筠一笑，随即从怀中摸出了一片巴掌大的鳞片，说道："二师兄，你把这个转交给大师兄吧。"

李筠伸手接过那冲他飞过来的龙鳞，龙鳞仿佛被墨色染就，阳光下泛着微微的光，手放在上面，能感觉到里面隐隐约约流动的真元。

韩渊说完，便大步登上了十方阵残阵的高台，旁若无人地盘膝坐下，好像在身体力行地向整个天下挑衅——我就在此，你奈我何？

李筠捧着手中的黑龙鳞看了一会儿，冲水坑招招手道："给掌门师兄送去。"

水坑奇道："你怎么不去？"

李筠不讲理地将黑龙鳞塞给了她，板着脸道："快去，当师兄的还支使不动你了吗？"

水坑莫名其妙地拿起黑龙鳞，翻入石芥子，径直闯了进去。

谁知她一进去便撞见了这番情景——程潜正没型没款地躺在大师兄腿上，他身上又是血迹又是污迹，还有被烧焦的地方，而那别人少洗一次手都要哇哇乱叫半天的大师兄居然毫无芥蒂地弯着腰，正抚摸着三师兄的头发。

水坑一条腿卡在门槛上，进也不是，退也不是，用发誓的姿势举着黑龙鳞，呆住了。

她心想：我要长针眼了……不，我要被灭口了！

严争鸣好像已经得到了世上最大的依仗，近乎平静地抬头看了水坑一眼，态度自然地压低声音问道："什么事？"

水坑碰到他的目光，狠狠地哆嗦了一下，脱口道："我……我做鬼也不会放过李筠的！"

严争鸣："……"

水坑这才回过神来，连忙将黑龙鳞放下："哦，不对，四师兄让我带给你的。"

严争鸣点点头："我让你跟他说的话，你说了吗？"

"……说了，"水坑道，"四师兄让我转告你，让你管好自己的事。"

严争鸣哼了一声，约莫是骂了什么，抬头看见水坑仍在直勾勾地盯着他俩，便道："看什么，你还有什么事？"

这一嗓子仿佛惊吓到了水坑脆弱的心肝，她激灵一下，二话没说，连滚带爬地跑了……临走还被门槛绊了一下。

韩渊在十方阵的残址上坐了三天，众人依然没有商量出一个章程来，魔龙仿佛是一个烫手的山芋，没抓到的时候，恨不能人人得而诛之，抓到了，又谁也不知该如何处置他。韩渊从南疆一路北上，沿途血流成河，引起了一场浩劫，可谓是罪大恶极。

他若能死在十方阵里，便是最好的结局了，偏偏他不但不肯死，还全须全尾、修为无损地活了下来。

这就麻烦了。

眼下扶摇派避嫌，不肯出声，天衍处将事情闹到了这一步，没脸出声，四圣中剩下的两位大能始终不肯露面，只派了门人，门人说话的分量始终是轻了一些，何况他们又都被天衍处的内奸重创，一时间自顾不暇。

唐轸一直在疗伤，其他门派，要么不够分量，要么不肯因此得罪扶摇派，谁也不敢站出来说一句“此人该杀”。

局面僵持住了。

扶摇派几人从石芥子中出来的时候，便看见那本该是阶下囚的韩渊一副睥睨天下的模样端坐在十方阵台上，其余人等窃窃私语，拿他老人家没办法。严争鸣挥手收起了石芥子，各大门派立刻一同将目光投注过来，最后还是六郎走过来，恭恭敬敬地问道：“唐前辈打发我来问，不知严掌门有何去处？”

严争鸣道：“在外游历多年，算来也该回门派了，我打算回去打开扶摇山，若唐兄不嫌弃，不妨来住一段。”

竖着耳朵偷听的众人立刻与旁边人交头接耳起来，几年前，“扶摇”二字还名不见经传，经过锁仙台、太阴山之事，如今恐怕是要无人不知、无人不晓了。连南疆魔头们都在盛传扶摇山有异宝，众人当然都很好奇。

可惜事到如今，谁也没胆子窥视。

这时，六郎问出了第二个所有人都很关心的问题。六郎道：“那就恭喜严掌门了，唐前辈还让我来问，魔龙之事，扶摇有什么立场？”

严争鸣瞥了不远处的唐轸一眼，不肯先露口风，说道：“此事本该天衍处裁决，不过既然他们人都不在了，我看不如让唐兄这个见证人说说吧？”

唐轸远远抱拳，说道：“不敢——诸位在化骨阵中多有损伤，我看此事不如压后，容诸位休整后上报各大门派，下月十五，我们约定在此集会，再议此事可好？”

说完，他又转向韩渊，淡淡地道：“我相信以韩真人的为人，肯定是不屑于背着血誓反噬潜逃的。”

韩渊冷哼了一声，眼皮也没抬。

前有三王爷那样自称人间正道的奇葩作对比，如果韩渊真的信守承诺，在十方阵残阵中自锁一个月，就显得相当有格调了。再者，太阴山又在扶摇脚下，看在扶摇的面子上，各大门派恐怕真会对他网开一面，严争鸣心里明镜似的，知道唐轸看似公正，实际有心放韩渊一马，便放了心。

严争鸣看了韩渊一眼，心道：既然死不了了，让这王八蛋受一个月的风吹雨淋也是活该。

于是他果断道：“甚好，走吧。”

太阴山下，众修士渐次散去，唐轸受邀与扶摇山众人一并前往扶摇山旧址。

天地人三把锁全开，严争鸣站在山脚下不动声色地深吸一口气。掌门印中星尘变换，历代神识重叠在一起，与那座山遥相呼应。

早年流落江湖，因怕人觊觎而不敢提及的故地，如今终于正大光明地重现人间，再没有人敢不请自来，再没有人敢侮辱轻视。百年来，严争鸣无数次在三道好像永远无法开启的封山令面前束手无策，无数次绝望，也无数次怨过师父，直到此时，他才明白其中深意。

若他未经琢磨，如何能接得住这样厚重的祖宗基业？

轰然巨响，扶摇山开了。

人间百年，山色依旧，鹤立枝头，在山间雀跃来去。半山腰上龙飞凤舞的扶摇山牌影影绰绰，山下还能依稀看见不知堂茅屋。

百年来，此间时间像是静止了。一切好像没有丁点改变，他们当年没有带走的道童还侍立在山门两侧，伸了个懒腰，仿佛才从一场短暂的打盹中醒来，震惊地看着当年少年离家的几个人，却不敢认。

封山令随风而散，冻结的光阴终于如解冻之水，再次汩汩流动起来。

远处的韩渊孤独地坐在十方阵中，静静地抬了一下头，竟已经泪流满面。

严争鸣离开扶摇山的时候，不到十七岁，二十出头凝神御剑，面貌长成，便再没怎么变过。如今，他元神踏入剑神域，眉目没有被岁月染上一丁点的痕迹，气质举止却已经天差地别。

两个守门的小童对视一眼，心里都有点犯嘀咕，扶摇山是个少有外人来的世外桃源，小童们从未见过这样的大能，偏偏主人又都不在家。

两个少年有些战战兢兢，踟蹰了半晌，年长些的才壮着胆子，将同伴拦在身后，走上前来。他不敢抬眼，恭谨地一揖到地，客客气气地说道："我家掌门昨日才出门云游，不知归期，诸位仙人今日来得不巧，敢问仙人名讳，日后定当禀报。"

年幼一些的小童不过才十二三岁，小圆脸上稚气未脱，在几步远的地方直愣愣地看着他们一行人。

严争鸣喉头哽住了，他很想说一声"你们连我也不认得了吗"，可是话到嘴边，他突然发现，自己也想不起这两个小童的名字了。他像是回到了前生，隔着百年忘川望去，一切都有印象，却又不那么真切。

民间说的“少小离家老大回”，大概就是这样的滋味吧。

突然，那年幼的道童眨了眨眼睛，大惊道：“呀，藤黄大哥，这位仙人好像咱们家少爷啊！”

哦，是了，这孩子叫藤黄——严争鸣恍然想起来，这些道童本来都是严家的家奴，他离家时，家里精挑细选了一批送了来，他也省事，给每个人安了个颜料名。那时候他被宠得无法无天，身边的人来来往往，他一个都不往心里去，自己起过的名字转眼就忘，没心没肺极了。

“少爷”这词不知多久没有听见过了，一群人听了，全都笑了起来。

李筠笑道：“扶摇山封了一百多年，于你们不过一天一宿，看来都过得不知今夕何夕了——现如今他不是少爷，是掌门了，我是李筠，还记得吗？”

藤黄睁大了眼睛，难以置信地呆立半晌：“百年？”

他的目光漫无目的地扫出去，正看见扶摇山下一棵大槐树，合抱粗，枝繁叶茂。

藤黄盯着那大槐树愣了半晌，忽然喃喃地说道："那是掌门临走时栽下的，他说等那棵小树长大几圈，你们就能回来了……"

如今已亭亭如盖。

藤黄徒劳地伸手掐算片刻，不知算出了什么子丑寅卯来，这才抬起头，艰难地试图从每个人脸上辨认出一点熟悉的模样："你是二、二师叔……还有三师叔！三师叔不是前年才和掌门上山吗？才这么大一点高……天哪……"

他的目光落到水坑身上，犹豫着没敢叫。

水坑道："我是韩潭。"

藤黄虽然有些猜测，见了这一夜长大的女孩子依然有些消化不良。

那年幼些的小道童却直言不讳道："少爷是掌门了？那韩掌门呢？还有四师叔，没有一起回来吗？"

此言一出，所有人的神色都黯了黯，藤黄机灵，最会察言观色，一见此情此景，立刻给了同伴一巴掌："就你话多，快去山上报信，让他们都别偷懒了，少爷……呸，掌门他们回来了！"

扶摇山上彻底热闹了起来，此间活物全都擅离职守，前来张望，谁能想到，仅仅是打一个盹，醒来就已经日月换新了呢？连不知堂堂前的仙鹤都盘旋着飞下来了，仙鹤有灵，纵然水坑的模样已经大相径庭，它却还记得她的气味。

它蹭了蹭水坑，还伸长了脖子往山下张望，好像还以为谁会回来。

水坑对扶摇山的印象最浅，默默地落在最后，她目不暇接地看着山中熟悉又陌生的风物，看着看着，她又想起了什么，有些落寞地低下头。

有一人在她旁边问道：“怎么了，小姑娘？”

水坑抬头一看，原来是做客的唐轸。她和唐轸不熟，但在化骨阵中，唐轸算是从玄黄手中救了她一命，因此算是有几分亲切。她微微顿了顿，勉强笑道：“前辈，我一百多岁，不是小姑娘了。”

唐轸道：“在你们彤鹤一族，一百来岁连骨头都还没长全，怎么不算小姑娘？你还是个小娃娃呢。”

水坑听了“彤鹤”二字，脸上勉强的笑容也逐渐黯淡了下去，她叹了口气，小声道：“我也不是真正的彤鹤。”

唐轸问道：“怎么？”

虽然是开口问话，唐轸的神色却并不惊诧——这个人好像对任何事情都不惊诧。水坑可不是她心眼贼多的二师兄，她从小被宠大，待人没多少戒心，何况唐轸又与扶摇派颇有渊源，便没什么顾忌地说道：“我娘是后山群妖谷的妖后，我爹却不是妖王，我是妖后和一个人生的。”

唐轸似乎没料到她这样坦白，微微怔了一下。

水坑又道：“听说我生下来以后，在一颗蛋里待了一百多年，别人都觉得我是颗死蛋，我娘将我放上临仙台，她自己却因为擅闯临仙台死了，我亲爹姓甚名谁我都不知，也不知道还在不在世，我的姓是师父的，名是大师兄随口起的……就这样一个不大拿得出手的大名，一年到头也听不见几次，师兄们一天到晚‘水坑’‘水坑’的，好像只要不是要骂我，就根本想不起我叫什么。”

她这话虽然是在抱怨，言语间却带出一股满不在乎的心宽来，唐轸被她逗乐了，脸上的病容都好像退了些。

水坑一抹鼻子，自暴自弃道：“二师兄说，我就是个爹不要娘不疼的杂毛鸡，现在回了扶摇山，逢年过节指不定要遇见后山妖谷的人，妖王见了我这顶活绿帽子，还不知是什么心情呢。”

唐轸略一顿，张口要安慰她几句，话未出口，水坑就眨巴眨巴眼睛，自我解嘲道：“唉，不过其实也没什么，我听说那妖王心胸只有针尖大，我还是颗蛋的时候就一直想杀我，反正现在有掌门师兄在，他也不敢拿我怎么样，要是他看见我就能给他添点堵，那我也算给自己报仇了，哈哈，万一把他气死了，没准下任妖王就是我了呢！”

这爹不要娘不疼的小杂毛野心还挺大，唐轸默默地将自己准备出口的话咽了回去，笑道：“说得是。”

水坑几步跑到前面,用力在神色黯然的年大大身后拍了一下，说道：“师侄，人死不能复生，你爹好歹还是个元神修士呢，只要元神未死，他就能轮回转世，回头等你正式入门，我带你上九层经楼，里面肯定有转世的办法！”

年大大满目血丝地看了她一眼，小声道：“谢谢小师叔。”

他以前聒噪起来，能一人分饰两角，如今却好似在一场大悲后沉淀了下来。年大大抬头望向扶摇山，人间盛景从他眼睛里浮光掠影似的闪过，没有走心，他只是默默想道：是因为我太没用了吧？

程潜无意中一回头，正看见他这便宜徒弟的眼神，心里忽然若有所动。

每一个少年人的奋发，似乎都是在这样“我太没用”的眼神下开始的，世事轮转，好像在一代又一代人中成就了一个完整的环，周而复始。

严争鸣突然从旁边拽了他一把，不满地低声道：“喂，你总看他做什么？”

程潜：“……”

他现在开始后悔自己在石芥子中说的那番话了，因为感觉自己这位十分擅长就坡下驴的大师兄有点蹬鼻子上脸。

扶摇山毕竟是个清修之地，不便歌舞升平。

傍晚时候，严争鸣只是将所有人叫来，在传道堂前的空地上设了个简单的宴。大厨还是当年严家特意送来的，上菜的时候，那大厨都还有些恍惚，头天扶摇山上的少爷和他的师弟们不还在长身体加餐吗？

怎么转眼便辟谷的辟谷、禁酒的禁酒了？

席间，程潜揣了包什么东西，独自离了席。

从扶摇山到太阴山五十多里，御剑却不过片刻。十方阵周围残余的血腥气缭绕不散，人已经走光了，有个别死了没人埋的，尸体就孤零零地躺在原地，等待和天地化为一体。

韩渊整个人像是已经化入了黑暗中。

听见刻意放重的脚步声，韩渊微侧了侧头，神色晦暗，也看不出是他本人，还是他那个不大会说人话的心魔。程潜将霜刃提在手里，默不作声地走过去，在他身边站定，从怀里摸出了一个油纸包。油纸包的边露出一点油渍，还是温的。程潜将纸包往韩渊怀里一丢，拂开十方阵残址上的尘埃，在一旁坐了下来。

韩渊打开，见里面是一包晶莹剔透的松子糖，混着一股含蓄的桂花香，每一颗被切成拇指大，一个是一个，谁和谁也不粘连。

这大魔头呆了一下，没有出言不逊，也没有感激涕零，只是拈起一颗塞进了嘴里。他的脸颊瘦削得见骨，是一副薄命少福的刻薄样，一颗糖塞进去，腮帮子便鼓起了一块，品尝得太认真，皱着点眉，一脸苦大仇深，像在咽药。

他不停嘴，一时三刻，连碎渣都拢在一起，豪迈地仰头倒进了嘴里。

程潜在旁边看得有点牙疼，便问道："喝水吗？"

"喝，"韩渊道，"齁死我了。"

程潜掐了个手诀，空中凝结了一把细小的寒气，凝成了一个坑坑洼洼的杯子，又引来了些水，递给他。

韩渊一口干了，叹了口气，说道："我这辈子吃过的第一口甜的，就是松子糖。"

程潜道："大师兄给的。"

韩渊看了他一眼，说道："是你给的，我当时觉得不可思议，心说要是有这么好吃的东西，小乞丐们打破头、玩了命也要去抢的，你居然随手就给了我，要不是缺心眼，就是对我太好。"

程潜笑道："也没有，就是当时看大师兄不大顺眼，懒得吃他的东西。”

韩渊沉默了一会儿，笑道：“我想也是。”

随即，他又问道：“还好吗？”

不必言明，程潜就知道他说的是扶摇山，便轻描淡写地点了个头，说道：“跟以前一样——等你将来回来自己看吧。”

韩渊顿了顿，古怪地一笑，说道：“快别逗我了，小师兄，师父临终前和你说过什么？‘有罪无可恕者，需由同门亲自清理门户’，你都就着糖吃了吗？”

程潜转过头来定定地看着他：“你罪无可恕吗？”

韩渊神色微微变化，只一瞬，程潜就看出来了，韩渊那个懦夫又跑了，跟他说话的人变成了心魔。心魔韩渊懒洋洋地瞥了他一眼：“天衍处都成过街老鼠了，我看那皇帝家也坏得差不多了，气数一尽，自然有人造反，我的气也出了，心里也爽快了，罪不罪的，你们说了算。”

程潜摇摇头，避而不答，他看了一眼如霜的月色：“我走了，明天再来。”

“明天我要那个奶糕，”韩渊摸了摸自己的肚子，又补充道，“太甜了，吃完不舒服，再给我带半只鸡吧。”

程潜摆摆手，霜刃如流星似的一闪，不见了踪影。

等他回到扶摇山的时候，宴会已经散了，程潜径直走回了自己的清安居，藤黄在那儿等着他。藤黄见他好像有些紧张，上前两步接过他手中的剑，低声道："少……掌门来了。"

"哦，我是来研究师祖留下的心想事成石的。"严掌门欲盖弥彰地说道。

程潜瞥了一眼那传说中供在不悔台上的心想事成石，只见上面大剌剌地放了一把酒壶，也没有拆穿他，随口道："研究出什么了？"

严争鸣瞥了一眼刚刚调到清安居里的藤黄。

藤黄年纪不大，却很有几分机灵劲，立刻知道自己碍了眼，忙找了个借口跑了。

严争鸣问道："干什么去了？"

程潜没有回答，只是笑了笑。

严争鸣心照不宣，没再追问，只是拍开他伸向酒壶的手："别动，酒没你什么事，一杯倒。"

程潜的目光落在了那块心想事成石上，他从小垫着这块石头抄了不知多少份经书，闭上眼，连上面有几个坑都能默数出来，他将手放在了心想事成石上，石头上倒映出幽蓝的光，显得那只手莹白如玉。

严争鸣说看石头本来就只是个借口，此时专心致志地盯起了程潜的手，有一口没一口地小酌，拿他师弟下酒。

忽然，程潜一皱眉：“嗯？”

严争鸣心不在焉道：“怎么？”

程潜迟疑道：“我总觉得这石头里面有东西在流动。”

以前这块石头虽然像一潭水，却是凝滞不动的死水，此时，程潜却觉得它内里光影变幻，好像活动了起来。

严争鸣闻言，从怀中摸出了一个小瓶，从里面挤出了几滴草汁似的水，滴在石面上，很快凝成一层方寸大的水膜。

透过水膜一看，石头的纹理好像被放大了无数倍，能清晰地看见细腻的石质。

程潜凑上来问道：“这是什么？二师兄做的？”

严争鸣漫不经心道：“他也就这点用处了——这叫作障目叶汁，一般有障眼法也好、有什么细微的波动也好，滴上几滴，都能放大到表面上来。”

两人等了片刻，只见那草汁铺的水膜十分消停，半晌没有变化。

反而是程潜靠近的时候，呼吸带起的气流细细地拂过严争鸣的脸，让他不由自主有些心意浮动。严争鸣盯着程潜的侧脸，上半身往后一仰，干咳一声，说道：“这么多年了，兴许是你的错觉吧？”

随后，他目光在清安居里幽幽地一转：“还是你这里安静，我总觉得后面那片竹林里有仙气，很适合闭关。”

此言一出，严争鸣又略微有些后悔，他本意虽然是打算赖在这里不走，却不想听起来这么明显。

这感觉不像大师兄，像个登徒子。做人家师兄的，总觉得不好太不要脸。

谁料程潜完全没有听出他的言外之意，心不在焉地接道：“你要闭关吗？”

严争鸣：“……”

这不解风情的蠢货。

程潜居然还自觉很有道理，说道：“也是，你入剑神域之后就一直四处奔波，都没机会闭关巩固境界，况且我炼那把木剑的时候对剑意领悟不深，你确实应该再炼化……呃，怎么了？”

严争鸣一脸阴沉地看着他。

程潜莫名其妙，问道：“还是那木剑的事吗……那个咱俩不是已经算揭过去了吗？”

他不但不能善解人意，还很善于哪壶不开提哪壶。

严争鸣拎着酒壶站起来，没好气地说道：“想得美，谁跟你揭过去了，看你就来气，走了。”

程潜飞快地将方才的对话在脑子里过了一遍，灵光一闪地叫住他：“哎，大师兄！”

严争鸣略有期盼。

值此霜寒露重、夜深人静时，程潜心里忽然想道：“他这时候过来，也没什么正事，说两句话就走，是什么意思？”

可是随即，他又想道：“深更半夜的，我开口留下他，唐突不唐突？大师兄时常抽风，万一没有留下的意思呢？”

他暗自掂量了一下，感觉还是有些唐突，因此话到嘴边拐了个弯。程潜诚恳地说道：“你要是嫌别的地方吵，就在我这里闭关吧，我替你护法。”

严争鸣心道：“闭你个脑门的关，气死我了。”

他一声不吭，用一种看似大步流星的步伐，花了足足一炷香的时间才磨蹭到清安居的门口，在小院门槛上卡了卡鞋底不存在的泥。

严掌门心里十分不舒爽地想道：“再不留我，我可就真走了。”

严争鸣鞋底都快卡掉了，程潜依然在三步远的地方欲言又止地看着他，好像是有点无措，又有点无奈。严争鸣小时候就这样，他嫌凳子凉，不肯坐，就满脸不悦地站在那儿，一声不吭，等着众多侍女和道童揣摩他的心意，反正那么一大堆道童，总有一两个聪明伶俐的能反应过来，省了他的口舌。

可惜，此处只有程潜这一根木头，没人惯着他这毛病。

严争鸣心里天人斗争了片刻，仰头一口气将玉壶中的酒喝了个干净，酒壮怂人胆，他调转了船头，一脸端庄镇定地从程潜面前走过，鸠占鹊巢地径直穿过清安居的院子，直白地对程潜宣布道：“我今天不走了。”

这变脸变得比翻书还快，没个阴晴。

程潜没反应过来：“呃……啊？”

严争鸣扫了他一眼：“怎么，你有意见？”

程潜毫无意见。

严争鸣不见外地支使道：“叫你那小道童给我放洗澡水。”

严争鸣赖在清安居里第一天，程潜难得睡得迟了些，睁眼一看见他就觉得心里很安稳，有种脚踏实地的感觉，知道自己是真的回家了。

严争鸣赖在清安居第三天，程潜开始有点不能忍了，严争鸣将他的清安居折腾得既不清也不安，而且黏人黏得厉害——严掌门黏起人来很有自己的一套，他并非普通的黏，每每只是浅尝辄止地递个暗示，要求别人接到之后立刻黏回去，好让他做出一副“谁让我是你师兄呢，合该哄着你”的大爷状。

万一程潜没反应过来，或是偶尔懒得理他，就要做好被连续找碴一整天的准备。

有道是“请神容易送神难”，严掌门赖在清安居半个月，程潜已经忍无可忍，快疯了。想当年他宁可在冰潭旁边面壁，也不愿意和前来做客的年明明聊天，可见他除了意志坚定，本身也是喜静的。

作天作地的严掌门几次三番被他故意忽略，终于怒了：“才几天就腻了，又摆一张臭脸！果然从小就是个养不熟的白眼狼！”

程潜好生脑仁疼：“大师兄，你就让我多活几年吧。”

严掌门气得自己跑到了小竹林里练剑，将清安居的竹海祸害成了一片秃瓢，本想一走了之，结果愣是没舍得，傍晚时分，他又踩着一场小雨怒气冲冲地跑了回来，等着去下山看韩渊的程潜回来自己反省。

好生鸡飞狗跳。

第二章

判决

日子忽悠一下，转眼，扶摇山的雨季就到了，一天到晚淅淅沥沥下个不停。这日程潜正要下山，被严争鸣叫住了。

“把这个给他带去。”严争鸣这还是头一次提韩渊，抛出了一颗蚕豆大的小珠子。

程潜伸手接住，感觉此物触手生凉，淅沥沥的雨水缠在他身上的潮气顿时散了。

“早年间西行宫流出来的避水珠，我这儿弄到了几颗。”严争鸣道，“唐轸立下的十五之约马上就要到了，别让他落汤鸡似的丢人现眼。”

大师兄明明心里记挂韩渊，却总顶着一张爱死不死的嫌弃样，也算绝了。

程潜下山还没见到韩渊，先在太阴山脚附近碰上了唐轸。

唐轸是个十分省心的客人，除了第一天刚到扶摇山时被李筠亲自引着在山中游历了一番，他基本都是深居简出，很少离开客房的院子。今日难得散步，唐轸手中拿着一把油纸伞，并未浪费真元挡雨，袍袖沾湿了一片，他也不在意，在雨中不慌不忙地走着。

程潜让霜刃落了地，打招呼道："唐兄。"

唐轸道："到十方阵那里去吗？同去。"

两人谁也不多话，没有御剑，慢吞吞地行走在山间被冲洗得干干净净的小路上。耳畔风雨声细密，好像一切都慢下来了。

程潜道："有唐兄相伴，我感觉万事都不着急了。"

唐轸笑道："凡人一生庸碌，是被功名利禄追着走，修士虽有百倍千倍的时间，身后却依然追着修为和境界，都在天地间逆水而行，稍微懈怠一刻，就会离大道远一步，所以不敢不着急——至于我，一个行尸走肉，没什么好求的，当然也就比别人悠闲些。"

这话说得程潜心里微微闪过些许疑惑，他心道："什么都不求，你奔波到这儿来干什么？"

然而这疑惑一闪就过去了，程潜朋友不多，有一个算一个，他不大愿意对朋友犯疑心病，便不怎么在意地接道："我倒是觉得，偶尔慢走几步是调剂，要是天天都过得这样悠闲，岂不是活得像只老龟？那也没什么意思。"

唐轸笑了笑，岔开话题道：“眼看十五之约就快到了，不知你家掌门师兄是怎么想的？此一役魔龙俯首，天衍陨落，四圣衰微，牧岚山精英损毁过半，其他小门小派不足挂齿，扶摇山说不定会是新一方势力，各大门派将会重新洗牌，你们也要早作打算啊。”

程潜笑道：“我们掌门师兄可没有号令天下的野心，他就想让别人少来烦他，本来就懒得出门，这么多年漂泊在外，我看他回来，以后恐怕会变本加厉。”

唐轸道：“严兄无论是做掌门还是做剑修，都颇为别具一格，他这顺其自然的心，倒是颇合大道真意，再加上资质卓绝，或许将来真能问鼎长生。”

扶摇自立派伊始就没有苛求过长生，始终以“人道”自居，惊才绝艳好比童如，也是将门派传承放在个人修行之前的，不过唐轸毕竟是外人，程潜也没有多说，只道：“借唐兄吉言。”

唐轸道：“不过若说长生，你才是真的得天独厚。”

程潜奇道：“怎么说？”

唐轸道：“修行与炼器有时候是一回事，那三王爷将自己炼成化骨阵，其实也有他的道理，修士们修行是与天争命，修为停滞，新的清气不能周转入真元，寿数也就到了，你却不一样，聚灵玉天生能吸取天地之精。”

程潜不怎么在意地说道：“玉和人一样，都不能与天地共朽，到了元神这一步殊途同归，我感觉没什么不同。”

“还是有的，”唐轸淡淡地说道，“你将聚灵玉锻成肉体，经过了天劫，已算是半仙之体，若是你肯在明明谷冰潭里清修，有冰潭不断供给你与肉身同源的真元,你的修为就永远不会停滞，不一定飞升，也能长生——哦，你不要误会我在劝你什么，只是有这么个事实而已。”

唐轸说者不知有心没心，反正程潜这个听者是将这番话当成了耳旁风，只是笑道：“我借聚灵玉容身而已，做人做得好好的，又没真打算变成一块玉。”

唐轸深深地看了他一眼，没说什么，只是附和道：“正是。”

程潜道：“说起灵物，唐兄见多识广，不知有没有听说过‘听乾坤’？”

唐轸神色一动，反问道：“你怎知‘听乾坤’是个灵物？而不是什么人或是什么功法？”

程潜不动声色地笑道：“感觉像，怎么？”

“哦，那是远古传说了，有人说拿着听乾坤能听见上界的声音，真假谁也不知道。”唐轸道，随即他话音一转，将这话题揭过，又说道，“韩真人走火入魔，恐怕死罪可免，活罪难逃——十五那天我会尽量周旋，哪怕是囚禁镇压，也争取能将他押在扶摇山上。”

程潜只好叹道：“那就多谢了。”

可惜，设想是好的，并不一定能实现。

十五那天，扶摇派众人抵达太阴山时，此地已经有不少门派的人了。

这一次来的人贵精不贵多，各派纷纷回去休养生息，只派了一两个代表来表态，各大门派之间零零散散地坐着，泾渭分明，居中的位置却给留了下来。

程潜看了唐轸一眼，唐轸点头道：“不错，那是给贵派留的。”

严争鸣心道：他们留了，我就要赶鸭子上架地往前坐吗？

他二话不说，径自绕过人群，做派依旧，丝毫不顾别人脸面，找了个不与众人同流合污的角落，令年大大将石芥子一甩，隔出一方小天地来，旁若无人地走了进去。唐轸摇摇头，叫上六郎往十方阵台上走去，这集会到底是他召集的，他可不能像扶摇派一样作壁上观。

石芥子在人群外显出几分遗世独立的卓绝，六郎不由得带了几分欣羡，对唐轸说道："但愿我有一天也能成为严掌门这样的人。"

唐轸耐心地偏了一下头，边走边听他说。

六郎继续道："我听扶摇山上道童说起，严掌门少年时代就是这样，只想在扶摇山上种花逗鸟，后来机缘巧合下山百年，他这样吃了一路的苦，还成了一代大能，但回到最开始的地方，还是不改初衷，丝毫不为世道所动……别管他的初衷是不是看起来很没出息，我都很佩服。"

唐轸听了，面无表情地点头道："确实难得。"

然而随即，他又抬起头，目光漠然地扫过满场修士，言语中夹带了几分森然，唐轸说道："可惜不为世道所动，世道也不见得能容他，这种人通常也都没什么好下场。"

他说完，不等六郎回应，便一甩袍袖走上十方阵残址。

唐轸简单地说了几句场面话，便直入主题道："唐某不敢擅自做主，劳烦诸位今日商讨个章程。我倒是觉得，冤冤相报未必好，而且一死也不见得能赎罪，诸位说呢？"

他话音才落，白虎山庄一位长老便率先开口道："魔行人九圣死在十方阵里，魔龙又被扣押在此，现在血誓束缚了九圣与魔龙，可束缚不到那些无法无天的魔头身上，他们无人约束，各自作乱，反而更乌烟瘴气，我看不如……”

韩渊一点也不配合，毫不领情地开口打断他道：“魔行人本身就不约束手下，要怪也怪你们自己无能，管不好自己的地盘，别指望我去给你们招安。”

这位长老也不认识韩渊，不过受人之托来说几句好话，头一次见到这么不识好歹的人，一时噎住了。

旁边一人冷声道：“既然这魔头自己都这样说了，大家还指望什么？不如杀了他干净。”

开腔的正是玄武堂主卞旭，像卞旭这种身份地位，本不该亲自前来掺和，然而杀子之仇不共戴天——卞小辉死了不过一年，卞旭已经须发皆白，隐隐现出几分寿数将尽的萧条来。

这也是一代圣人，落到这个地步，也着实令人唏嘘。

韩渊针锋相对道：“可不是么，让废物与魔头都死了干净，世上就剩列位满腹经纶、一心向道的人比较好。”

石芥子中，严争鸣对李筠道：“你能让混账闭嘴吗？”

李筠眉头一皱：“卞旭？难度大了一点。”

严争鸣：“……我是说韩渊。”

“能。”李筠转头对程潜道，“韩渊对面有棵大梧桐树，你看见了吗？小潜，你跟小师妹走一趟，他一准闭嘴。”

严争鸣：“……”

片刻后，水坑化为大鸟，载着程潜飞出了石芥子，落在十方台对面的大梧桐树下，栖息之处，正好能和韩渊大眼瞪小眼。彤鹤火红的羽毛垂下，分外显眼，原本在十方台上大放厥词的韩渊一见他俩，瞬间被封了口，竟老老实实地不吭声了。

李筠得意扬扬地说道：“小师弟命途多舛，可谓是满腹血泪，但若真算起来，其实还是当年小潜的死对他的打击最大，你发现没有，他那心魔每次碰见小潜都会弱一些……还有小师妹，师妹小时候和他最好，那日他魔性大发，说要抽她的妖骨，对她有些愧疚，见了她自然也会克制心魔。”

卞旭毕竟地位辈分在那儿，不好太失风度，在吵架这方面，只要韩渊消停了，他也就孤掌难鸣，不多时便偃旗息鼓，只撂下一句：“恕老朽修行不到家，对杀子之仇难以释怀，我玄武堂与此人不共戴天，非杀他不可！”

此言一出，一时唤起了众人对韩渊的仇恨，场中七嘴八舌起来。

这时，忽然有一个声音从远处传来：“魔龙罪责昭昭，天下皆知，要是我们大伙都与他无冤无仇，也就不必兴师动众地聚集在此地了。只是我看唐真人说话有些道理，死了一了百了有什么意思，不如让他活着赎罪。”

众人一同望去，只见一个中年人带着几个弟子从远处走来，仿佛身形只一晃，弹指已经到了眼前，那中年人风度翩翩，很有些儒雅气度。

方才说话的白虎山庄长老立刻迎出来：“庄主。”

来人竟是四圣之一，白虎山庄庄主！

白虎庄主点点头，将袖口一拢，对卞旭拱了拱手：“卞兄，好久不见。”

程潜皱着眉在树梢上打量了来人片刻，突然睁大了眼睛——这货不是锁仙台上那老疯子纪千里吗？他怎么突然人模狗样起来了！

卞旭乍见故人，先是一愣，随即，他心情又多少有些复杂。他自己须发皆白，面前故友却依然壮年，两相对比，高下立判——做修士的，有数倍于凡人的生命，不老的青春与容颜好像是得天独厚，却也有残酷的一面，他们可以露丑、露怯、露穷，却单单不能露老。

因为“老”不是自然规律，而是“终身与大道无缘”的一句判词。

卞旭不肯承认自己嫉妒，只觉得心里有些不是滋味，他终于一声没吭，对纪千里淡淡地点了个头。

众人在下面议论纷纷，谣言说这白虎山庄庄主当年为了除魔身受重伤，这么多年一直闭关休养，白虎山庄大事小情一概交给门下长老，活得十分苟延残喘。可如今看来，此人非但没有一点要油尽灯枯的意思，反而十分活蹦乱跳。

纪千里抬头看了一眼树梢上的程潜，冲他笑了一下，又遥遥地和唐轸打了个招呼，开口道：“我说诸位——有仇怨的诸位，大家也想一想，一刀灭其元神有什么用处？头掉了碗大个疤，他死了一了百了，毫无痛苦，你们甘心吗？我若是有位不共戴天的仇人，一定恨不能他每天受尽折辱，同时硬硬朗朗地长命百岁。”

这位庄主一开口，一股新鲜搅屎棍气息就扑面而来，韩渊看起来很想对此人破口大骂，但被气得一时没想到好词。

白虎山庄庄主突然现身，出乎所有人意料，连唐轸一时间也捉摸不透他的来意。

唐轸不动声色地说道：“庄主的话不无道理，只不过这位韩真人太过神通广大，想要关住他，须得有个合适的地方才行。”

有人问道：“唐真人看，什么才是合适的地方？”

唐轸遥遥冲问话的人拱拱手，说道：“各大门派事务庞杂，恐怕照顾不到，其他诸位恐怕是心有余而力不足。唔……上个月破化骨阵时，我不知道大家对严掌门的修为剑法可还有印象？”

当然有印象，印象太深刻了。

世上有几个剑修能修出元神？又有几个剑修能走到剑神域？

唐轸笑道：“那么依我拙见，扶摇山倒是个好地方。”

他话音未落，立场不明的纪千里突然开口打断他道：“我看不妥。”

唐轸眼角微微一跳。纪千里负手上前，瞥了一眼树上的程潜，说道：“扶摇派乃是韩渊师门，就算严掌门高义，不会徇私，你们这样不也相当于陷人家于瓜田李下吗？不妥，非常不妥——是不是，程潜小友？”

程潜隐约感觉到场中暗潮汹涌，却一时看不出来龙去脉，便没有吭声。

这时，有人在他耳边说道：“你怎么又认识他？你怎么认识这么多上不得台面的人？”

程潜一回头，见他那大师兄先是无视了众人给他留的首座，自己跑去搭了个石芥子，这会儿石芥子也不待了，堂堂一派掌门，跑到树上来抢着做猴子。

程潜：“……”

谁才是上不得台面的人？

“我倒是有个提议。”那纪千里正色下来，迈着四方步走到唐轸旁边，看了韩渊两眼。

韩渊总觉得此人看自己的眼神带着某种古怪的惋惜，活生生地被他看出了一身鸡皮疙瘩。

“我前阵子与弟子出游，见蜀中一代多遭魔修祸害，民不聊生，那些魔修的修为大多稀松，想必在座的各位料理起来都不困难，只是人数众多，有些麻烦。另外……”纪千里一挥袖子，一道灰影从他袖子里飞了出来，那竟是个小小的女童，通体灰黑，自腰以下基本已经模糊得看不清了，她灰不溜秋地飘在半空，神色木然，身上飘着说不出的怨气和鬼气。

严争鸣低声道：“鬼影？”

十方阵中一阵惊呼。

唐轸那张万事如过眼云烟的脸好像被人打了一巴掌，不知是不是也回想起了自己当鬼影的那段日子，他不由自主地往后退了一步。

“不错。”纪千里道，“我此番特地前来，就是想告诉诸位，消失百年的噬魂灯重现人间了。”

此言一石激起了千层浪，众人当场炸开了锅。

一百多年前，噬魂灯现世，造下杀孽无数，持灯人蒋鹏在魔修中的风头却一时无两，一度有谣言说，他有能耐问鼎北冥——而且若说魔龙作乱，还算有所为有所不为，鬼修的手段可就没底线多了。

程潜低声道：“我在明明谷外见过蒋鹏，不小心让他跑了……难不成他真的已经炼成了噬魂灯？”

严争鸣一怔：“你那时怎么不说？”

程潜：“……当时被你胡搅蛮缠一番忘了。”

严争鸣一脸怒色地看着他，可惜，程潜静静地看他两眼，他那天大的火居然就烟消云散了，严掌门没绷住，眼神不由自主地软了下来，他不得不动手将程潜的脸往旁边一扳：“看那边，别看我。”

被忽略的水坑干巴巴地说道：“二位师兄，这里还有个活物呢。”

严争鸣看了她一眼。

水坑接收到威胁，忧伤地将她的鸟头转开：“哦，没事了，此活物瞎。”

纪千里等众人窃窃私语渐低，这才转向韩渊，说道：“韩渊毕竟在魔行人中横行数年，对魔道体悟颇深，不知这次愿不愿意助我们一臂之力？”

韩渊面带冷笑，看着他。

唐轸忽然出声道：“噬魂灯百年没出世，仅一个鬼影也不一定是真的——照庄主的意思，不是相当于将魔龙放回南疆吗？庄主，各大门派为了追捕魔龙牵扯出了很多事端，损失颇多，你现在要放虎归山，别人未必会答应。”

他完美地曲解了纪千里的话，而且曲解得似乎还很有道理。

水坑低声道：“小师兄，我没听懂，唐前辈怎么好像一会儿想保四师兄，一会儿又不想保他？”

程潜摸了摸她的头，没吭声，但他跟严争鸣却都听出来了——唐轸想保韩渊，却绝不同意将他放回南疆去……为什么？

纪千里笑道：“这个简单，唐真人怎么忘了呢，你那个盛放血誓的八卦盘不是还在吗？咱们既然可以立一个，自然也可以立另外一个嘛，不但可以让魔龙立，也可以将我们……严掌门他们一并叫进来，大家好好商讨商讨条款——唐真人上个月在此地立下十五之约，韩渊本可以脱走，却安安静静地在这里坐了一个月等着诸位发落，难道还说明不了血誓的作用吗？”

唐轸敛去脸上一切喜怒，紧绷得像个木头人。

纪千里又道：“若不然，诸位难道想自己回去面对噬魂灯和万千鬼影？难道想自己收拾那些本事没多大、手段却不少的魔头？”

卞旭忽然横插一杠，问道：“那么你说，血债该如何来偿？”

他语气毫不客气，近乎是针锋相对地质问，场中一片寂静。

纪千里沉默了一会儿，一字一顿地说道：“卞兄，人死不能复生，落入偏执，于修行不利，你该感觉到了。”

卞旭被他戳中痛处，脸上狠狠地一抽。

韩渊却哈哈一笑，说道：“给你偿命好了。”

唐轸闻言目光一敛，落在韩渊身上，慢吞吞地说道：“韩渊，修士需要谨言慎行，有时候说出去的话覆水难收，你可要想好了再出口。”

韩渊方才那句话未必是出于本心，他可能只是为了一时痛快，习惯性地挑衅一下，可唐轸这句警告一出口可不一定了，韩渊那心魔受困于“被人摆布、情非得已”几个字，最受不得激将和威胁，被唐轸这么一问，指不定他真就能指天立誓要偿命！

程潜心里“咯噔”一声，他固然不愿意用怀疑的心揣测唐轸的用心，心里却隐约有些别扭起来。

严争鸣：“嘘，没事，看着。”

他话音未落，韩渊已经做出了发誓的手势，正要开口，神色却忽然一变，他整个人好像被冻在了原地似的，嘴张了几下，没发出一点声音。程潜将真元凝注在双眼上，只见韩渊周身仿佛蒙上了一层水膜，将他紧紧地包在其中，他立刻想起了大师兄前一阵子让他转交的“避水珠”。

果然……韩渊自困在十方阵残址上的时候，大师兄恨不能天天下雹子砸得他满头包，哪里会好心好意地给他准备避水珠？

严争鸣低声道：“那是‘避誓珠’，在身上放一个时辰，三天不能开口立誓——我就是防着他乱说话。”

这种古怪又没用的东西，一听就是李筠的杰作。

严争鸣皱皱眉，自言自语道：“但唐轸又是怎么回事？吃错药了？”

这么一打岔，纪千里终于抓到了机会，对卞旭道：“你们玄武堂位于极北冰原，跟南疆隔着十万八千里，自然没什么好担心的，只是不知道玄武堂管不管中原动荡呢？”

他说话间，抬手一指空中的小鬼影，鬼影被他的劲力所激，倏地往前一扑，几个离得近的修士慌忙起身闪避。

这白虎山庄的老匹夫，要么不露面，露面就这么刁钻。

可这话没人敢当面说，那可是四圣之一。

纪千里又大剌剌地说道：“我说血誓如下，第一，缉拿中原作乱魔修与噬魂灯之事，魔龙必须竭尽所能，否则必遭十倍反噬；第二，抓住噬魂灯之后，魔龙须得自禁于南疆，终身守在入口，终身不得离开南疆半步，否则必遭十倍反噬；第三，魔龙既为服刑，便需日日忍受鞭笞之刑五百年，除非身死寿终不可中断，否则必遭十倍反噬；第四，魔龙日后不得滥杀无辜，不得炼制魔器，不得收徒，不得授业，否则必遭天打雷劈，不得好死。”

他说完一招手，那见证过一次血誓的八卦盘便径直飞入他的掌中，纪千里含笑朝周遭看了一眼，说道：“血誓是我提的，魔龙师从扶摇派，还需请严掌门代表门派与我一同入誓言，若日后谁对魔龙徇私，就让谁的门派衰微难救、血脉断绝——诸位想必都没有意见吧？”

众人有意见也不敢说，被他一串“十倍反噬”和“天打雷劈”镇住了。

纪千里率先从指尖逼出了一滴血，笔直地没入了托盘中，随后伸手一托，那托盘笔直地向着大梧桐树飞去。

众人一时屏息，只见八卦盘围着那浓密的梧桐树冠盘旋良久，忽然被一只手捉住了，隐在树冠中的严争鸣拨开树枝，深深地看了高台上的纪千里一眼，在八卦盘中滴了一滴血——扶摇派入誓。

唐轸见八卦盘飞向韩渊，正要伸手去拦：“严掌门还是考虑清楚再……”

可他话没说完，那八卦盘已经径自绕过了韩渊。

扶摇派入誓的一瞬间，韩渊身上就有了入誓的标志。

韩渊盯着那个标志，整个人已经呆住了。

这……这代表什么？

一直以来，掌门师兄竟没有将他逐出师门，他竟然还是扶摇的人！

此时，韩渊没有一点被强迫入誓的愤懑，他蓦地抬头望向树冠上的严争鸣，嘴唇微微颤动了一下，说不出话来。

唐轸的脸色变了——血誓已经成了。

程潜却暗自叹了口气，心里空落落地踏实了下来。

韩渊为了一己私仇，弄得人间生灵涂炭，想要没事人一样揭过去是不可能的，犯了天大的错，就要付出天大的代价，没人能包庇他。否则别说那些仇家债主不答应，就是天道因果也不会坐视不理。

能让他活着赎罪，已经是网开一面，无论是关在扶摇山，还是令他镇守南疆，都已经是最好的结果。扶摇山和白虎山庄立场已定，其他人于情于理说不出什么，便纷纷上前，在血誓盘上加了见证。

落日余晖，此事尘埃落定。

众人开始准备离开的时候，纪千里将山庄徒弟们丢在一边，向程潜走过来，他上上下下地打量了程潜一番，说道：“好久不见，又有进益，有前途。”

程潜客气道：“纪庄主。”

“纪千里”笑道：“我不叫‘几千里’，上回是逗你玩的——不怪我将你师弟关起来吧？”

白虎山庄庄主名叫尚万年，除了个别两耳不闻窗外事之人——比如程潜之类——大家都知道。

程潜略微一低头：“岂敢。”

这位尚庄主看了他一眼，微笑道：“水浑了，自然有人要摸鱼，图穷了，自然有人要匕现，我看恐怕要变天了，你可要小心。”

他说到这里，低头看了看自己手上血誓标记隐没的地方，充满狡黠地笑道：“可是那就跟我们这些老家伙没什么关系啦。”

程潜一愣。

尚万年说着，又带上了几分熟悉的疯疯癫癫，他带着唱腔哼道：“我死之后，哪管他洪水滔天。”

说完，尚万年忽然一步上前，几乎撞在程潜身上，他一把拉住程潜的胸前衣襟，一双深不见底的眼睛好像两口阴森的黑井，一眨不眨地看着程潜。

接着，一道神识没入了程潜的眉心。

程潜听见他的神识森然道：“听乾坤早年被人伪装成一块灵玉，流落江湖，理应没人认得出，我也不知道它为什么会落到你手上，既然是天意……唉，别让任何人知道听乾坤在你手上，切记。”

他这姿势太过暧昧，下一刻，一只手凭空插了进来，将程潜往后一带，轻巧地推开了尚万年。严争鸣缩回他的爪子，没事人似的整了整袖子，面无表情地说道：“庄主好，庄主请自重。”

程潜呆愣良久——也就是说，他手背上那个莫名其妙的耳朵果然就是“听乾坤”，程潜一皱眉，他确实没有告诉过别人，可那日向唐轸提过一次，唐轸会不会怀疑什么？他朋友不多，唐轸算一个，要他这样揣测昔日好友，程潜忽然觉得胸口好像压了一摊又冷又黏的泥，喘不上气来，叫道：“庄主留步……”

他正想问“听乾坤”究竟是什么东西，尚万年便退后两步，竖起一根手指在嘴边，对他比了个“噤声”的手势。接着，这老疯子指了指自己的眼睛，又指了指自己的耳朵，最后指了指自己的嘴，连续摇了三次头——不要看，不要听，不要说。

完事他低下头，脸上浮现出了一个说不出含义的笑容，转身负手，大步走向韩渊，说道：“那位韩小友，你可以从十方阵上下来了，今日我不请自来，要随你回扶摇山暂住，过两日启程，你跟我一同下蜀中，回南疆，唉，别拉着脸了，既然此事因你而起，现在让你收拾，天经地义。”

严争鸣的眉毛快从脸上飞出去了，郁闷地嘀咕道：“不速之客，我同意了吗？”

尚万年“哈哈哈”的笑声从远处传来，刚好回答了他这句话。

严争鸣正色下来，瞥了心事重重的程潜和不在状态的水坑一眼，拉住程潜的手腕：“走。”

水坑没心没肺地跟上，看起来还挺美，高高兴兴地说：“大师兄，四师兄这是可以回家了吗？”

严争鸣简直懒得理她，低声问程潜道：“唐轸什么意思？小潜，他和你提起过吗？”

程潜眉头紧锁，心里老大一个疙瘩：“他对我说过，想将韩渊保下来，将他关押在扶摇山上。”

水坑道：“那不是挺好的吗？”

“好个屁，他是有这个意思，”严争鸣道，“你没听出来吗？他还有‘若此人不能留在扶摇山上，就杀了保险’的意思。”

程潜的手自霜刃的剑鞘上掠过，不到证据确凿、水落石出的最后一刻，他都愿意原谅唐轸的一切隐瞒，不想怀疑他任何事。君子之交固然不甚亲密，却须得有起码的信任，可他此时不得不承认，大师兄说得对。

程潜忽然道：“他们要去找噬魂灯，我跟他们走一趟。”

水坑忙道：“我也去！”

“不行，你一离开我的视线就指定要出事。”严争鸣一口否决，又扫了水坑一眼，不客气地呵斥道，“还有你跟着起什么哄？闭上你的鸟嘴！”

程潜还要再说什么，严争鸣一摆手打断他：“不用再说了，明天我找那个尚万年聊一聊，摸摸情况……那老东西真是四圣吗？怎么有点疯疯癫癫的？”

大师兄在挑人毛病这方面十分慧眼如炬，总能抓住重点。

当天夜里，程潜没有睡，好不容易摆脱了严争鸣的纠缠，在清安居幽静的院落中打坐入定。

可他忽然怎么也静不下心来，总觉得有什么事要发生。

突然，清安居的院门被人用力推开了，程潜一睁眼，李筠面沉似水地站在门口：“大师兄在你这儿吗？”

程潜："怎么？"

李筠："白虎山庄那个尚庄主死了。"

第三章

风满楼

严争鸣应声从卧房中走出来，脸上看不出一点睡意，他一抬手按了按程潜僵硬的肩膀，问道：“怎么死的？我这里一点感觉也没有，尚万年那样的大能怎么会死得没有一点动静？”

严争鸣是掌门印真正的继承人，扶摇山上一点风吹草动，他都能感应到，他的神识甚至能扫到后山群妖谷，比当年半死不活地寄居在黄鼠狼身体里的木椿真人权力大得多。

“不知道，”李筠掐了掐眉心，说道，“白虎山庄有个没入道的小童，半夜起夜，见他屋里亮着灯，打在窗户上的影子有点古怪，上前询问，这才发现人已经没了。你们快跟我去看看吧。”

程潜一时间脑子里各种阴谋诡计的猜测此起彼伏，心事重重地起身。

他刚一站起来，抓过听乾坤的那只手突然好像要烧起来一样，但光洁的皮肤表面却看不出一点异状。程潜的手剧烈地哆嗦了一下，随即，灼烧感迅速从他手上传到了胳膊上，继而包裹住他全身。程潜一阵头重脚轻，原本挂在腰侧的霜刃毫无预兆地从身上掉了下来，瑟瑟发抖地发出“嗡嗡”的响动。

严争鸣和李筠原本在说话，一回头，却见程潜哼都没哼一声，晃了两下就直接跪在了地上，严争鸣当场吓了个魂飞魄散：“小潜！”

程潜的手掐进霜刃的剑鞘里，往日冰凉的剑身仿佛也变得温吞吞的，周遭一切都在离他远去，他听见某种声音，像是自远古而来的黄钟大吕，声浪厚重而强横，搅得他内府翻腾不休，尚未来得及完全修复的元神受不了这样的重创，好像要裂开一样，好生受了一回平白无故的千刀万剐。

就在这时，一股外力忽然涌入，顷刻将那层层叠叠的声浪隔绝开，压下他动荡的真元。

程潜咽下胸口腥甜，凝神内府，只见这股强大却不逼人的神识落地成了一个虚影，正是那传说中已经死了的尚万年。

尚万年看着程潜的元神直皱眉，问道：“你是怎么回事？元神因何受损？”

程潜一时说不出话来。

尚万年看着他叹了口气，神识散开，他整个人像原地化作群星万点，一点一点地帮着程潜梳理起乱窜的真元。程潜只听他说道：“你元神受损，受不住听乾坤的传承……唉，我只能先将其封锁在你内府中，等待以后了。”

程潜浑身紧绷，不知道自己这是被强买强卖了什么东西？

尚万年又道：“听乾坤失落已久，我接受传承之后，找了它一辈子，死到临头才让我碰上，既然有缘，我本想将它顺势传承给你，谁知时机又不对……天意，我肯定是命不好。”

命不好的尚万年话音刚落，程潜便觉有什么东西一路从手臂流转过他周身经脉，最终没入他眉心内府中，只见那代表听乾坤的耳朵烙印不知什么时候被烙在了他内府中间，灼灼地亮了片刻，又渐渐暗淡了下去。尚万年的神识再次出现在程潜面前，面色复杂地盯着听乾坤看了片刻，他摇头叹道：“不过虽然看不见传承，能见它一面，我也死而瞑目了。”

程潜：“你到底……”

尚万年道：“嗯，我肉身已经寿终正寝，我料到自己寿数将尽，没料到尽得这么快，啧，给贵派添麻烦了。”

程潜问道：“这到底是怎么回事？”

尚万年回过身来，静静地看了他片刻，张了张嘴，却没有发出声音来。他自嘲地一哂，说道：“不是我不愿意告诉你，小友，等你元神自己修复完，接受了我封存在此的传承就会明白，传承里有禁制，任何人都说不出听乾坤的秘密。”

他顿了顿，又苦笑道：“包括死人。”

程潜在他脸上没有看出怨愤与不甘，好像只是平静，便不由得生起一个疑问，所有人都在追求得道飞升，为什么这个人好像毫不在意呢？

尚万年带着一些阴阳两隔的距离感站在他面前，说道：“我知道你们都恨天衍，他们卑劣、自以为是，害死了很多人，落到如今这个地步也是死有余辜。但这么多年来，修士与凡人能一直相安无事，确实是少不了他们这些卑鄙小人的，现在天衍与魔行人两败俱伤，中原魔道与正道都会群龙无首，这才是‘百万冤魂’的劫难的开始，所以我才一定要保下韩渊的性命。”

他看了程潜一眼，又补充道：“倒不是为了卖你们扶摇派的人情。”

冤魂自乱世而生，九圣都死了，只有韩渊活着，南疆群魔才不全然是一团散沙……只是他可能真的再也不能回扶摇山了。

“但是噬魂灯出现的时机太巧了，”尚万年道，“没想到大限说来就来，我已经来不及查清楚了，我就给你说一个感觉，不一定对——有人知道童如对那块鬼石头许愿的事，而且一直在暗中推波助澜。此事除了始作俑者的天衍处，应该就只有我们四个人知道……”

程潜目光一闪。

尚万年道：“不，不是卞旭，他要真有那样处心积虑的脑子，现在肯定不至于混成这副鬼样子。”

程潜点点头——天衍处那么大的一个组织，指不定是谁不小心泄露的。

“这是第一，”尚万年伸手将自己在程潜内府中游荡的神识收回来，“还有一件事我要告诉你，你身上被人动过手脚，自己知道吗？”

程潜瞳孔微微一缩：“什么？”

“不是你这灵玉之身，在魂魄上。恕我不精此道，一时看不出是什么，”尚万年道，“还没有发作过吧？你的修为纵不敢说天下无敌，现在也足以跻身顶尖，我有些想不通，究竟谁有这样大的神通，能不着痕迹地在你身上下咒。”

程潜指尖发起抖来，胸口好像被人塞了一块冰。这么多年来，谁精通此道？谁有机会在他魂魄上动手脚？

尚万年打量着他的神色，道：“看来你心里已经有数了。”

程潜艰难地点了一下头，不动声色地问道："庄主，有什么办法化解？"

尚万年叹道："我看不出是什么咒，恐怕爱莫能助……但你也不要太过担心，若它真有一天发作，我封在你内府中的听乾坤能替你抵挡一些。"

程潜涩声道："多谢。"

尚万年摆摆手："冥冥中自有定数，听乾坤合该落在你手里，不必谢我——我走了，投胎去了。"

说完，他弥留尘世的最后一缕神识烟消云散，好像卸下了什么重担一样，消失得杳无牵挂。

程潜醒过来的时候在自己的清安居里，正听见一个陌生的声音说道："……这位前辈是元神受损遭到的反噬，我想可能是最近频繁动用真元的缘故。"

程潜："……"

他心情本来已经很凝重了，这又是哪儿来的支嘴驴？

程潜睁眼一看，只见一个穿着白虎山庄弟子服饰的修士，正神神道道地按着他的脉门，抬头一对上他冷冷的目光，立刻吓得松了手："前、前辈醒了？"

程潜面无表情地用目光凌虐他。严争鸣抬手将那小修士拎起来放在一边，替他挡住程潜杀人的视线，从背影都能看出大师兄已经气疯了。

“不用管他，”严争鸣咬着后槽牙道，“你跟我说，元神受损反噬，之后会怎么样？”

那白衣修士结巴道：“不、不不不会怎样，程前辈真、真元纯粹又深厚，只要静心休养，用、用不了多长时间就能自行修补，掌门不、不用担心。”

严争鸣脸色稍缓——虽然也没好看到哪儿去，然后下了逐客令：“行，那多谢，慢走不送。”

守在门口的李筠立刻笑容可掬道：“这边请，跟我来……没事，不要怕，我们掌门不咬人。”

不咬人的严掌门一脸山雨欲来地目送着他俩走远，这才缓缓地转过头，准备与程潜秋后算账。程潜却没心情给他顺毛，他突然往后一仰，双目放空盯着床帐顶。这反应与严争鸣料想的“心虚气短”有些出入，他愣了愣，将准备好的兴师问罪暂且搁置，有些无措地走到床边：“怎么，还有哪里不妥吗？”

程潜没出声，伸手拍了拍自己身侧，示意他坐下，而后闭上眼睛，抓着严争鸣的手放在自己胸口。程潜为人冷淡，鲜少能和什么人打成一片，唐轸是他走得最近的一个外人。因为他心里的人少，匀到每个人头上的感情也就格外纯粹些，他还是头一次尝到被背叛的滋味。

严争鸣的手比他的暖和得多，更有活气，更像活人。

程潜深深吸了口气，低声道："尚万年是寿终正寝，元神投胎去了，我看他走得挺高兴的，没有人害他。"

这事已经有人来报过，严争鸣已经知道了，他诧异道："你怎么知道？"

"我见到他了。"程潜简短地说道，"他想给我灌一个传承，正好我元神受损，一时承受不住……不是刚才那人说的什么狗屁反噬，除了使用禁术强提修为的蠢货，谁会被自己的元神反噬？"

严争鸣蓦地将自己的手往外一抽："说谁呢？你想造反吗？"

"别闹。"程潜低声道，"师兄，我心里难受。"

严争鸣听了这话一呆，他见过打架打得满身伤的程潜，见过一句话噎人一个跟头的程潜，见过勉强耐着性子容忍自己的程潜，唯独没见过这么蹙着眉，低声说"心里难受"的程潜。他印象里，程潜好像有一副铁石心肠，世上什么都动摇不了他，什么都不能让他低头。这一点偶然泄露的脆弱让严争鸣不得不珍重以待，他弯下腰拨开程潜脸侧的几缕头发，轻声问道："怎么了？"

程潜没吭声，看着他近在咫尺的脸，心里疲惫地想道："会不会有一天，连他也背叛我呢？”

严争鸣被他看得不自在：“看我做什么？”

程潜端详了他片刻，忽然一笑释然，心道：“胡思乱想什么呢？他想要什么，我就给他什么，他想要我的命，我就把命豁给他……有什么背叛不背叛的。”

严争鸣没长透视眼,没看见他心里这番不与人言的山盟海誓，矜持道：“你既然心里也难受，身上也难受，就好好睡一觉吧，我……嗯，我可以先把其他事推一推，今天只陪着你。”

程潜闻听此言，想起大师兄作过的妖，顿时将自己满腔柔情一扫而空，心道：“唉，太烦人了。”

他一抬手推开严争鸣的脸，漠然道：“不劳动你了，我有事出去一趟，你自己慢慢睡吧。”

严争鸣：“等等，你才刚醒……”

程潜一闪身，已经不在屋里了。

严争鸣：“……”

他收拾不了清安居主人，决定去收拾清安居的竹林。

程潜径自来到唐轸住的客房里，却发现唐轸不知什么时候已经走了，只留下了一个小盒，旁边压着一张字条：“多留无益，暂且告辞，盒中之物为牵魂丝，一直没机会给你们，只是眼下恐怕也用不上了。”

牵魂丝能将韩渊的魂魄短暂地引出来，让他们能趁机杀了那作恶多端的心魔,不必再投鼠忌器——血誓中句句说的是“魔龙”，若是他们真杀了心魔，是不是真正的韩渊就可以将罪责推到心魔身上，不必奔波南疆，也不必受五百年鞭刑呢?

程潜捏着字条的手指一紧，随即叹了口气，若他心里没有怀疑，指不定此时已经欣喜若狂地将这东西给严争鸣拿过去了。现在他却在怀疑，唐轸早不拿，晚不拿，为什么偏偏现在拿出牵魂丝?

他那么不希望韩渊去南疆，究竟是出于好心，还是只是希望水能更浑一点?

还有……唐轸为什么走得这样匆忙?

程潜忽然若有所感地抬起头，正看见韩渊那身显眼的蟠龙袍在屋外矮墙上上下翻飞。

韩渊淡淡地解释道：“尚万年那多管闲事的老头死了，他们一时没时间理我，我自己出来转转——你手里是什么?”

程潜顿了顿，如实说了。

韩渊听了，很不讲究地往墙头上一坐，颇为自嘲地笑道：“扔了吧，没用，大师兄的鬼话怎么张嘴就来？哪有什么‘一身二魂’的说法，又不是夺舍，心魔就是我，我就是心魔。”

程潜冷冷地道：“变成‘大师兄’了，不是‘贵派掌门’了？”

韩渊被他堵了个哑口无言。

程潜又道：“他也不过就是想给你找一条退路，万一他们真要杀你，好歹有‘一身二魂’可以当个借口。”

韩渊双臂撑在身后的矮墙上，仰头看着扶摇山上旷远辽阔的夜空，片刻后，他说道：“没必要，小师兄，我发现人是不能给自己找借口的。”

程潜靠在客房的院墙上，也学着他的动作仰起头，两人一坐一站，都在同一边，头顶同一片夜空，好像已经很久未曾这样接近过。

“你们三个去群妖谷救我，二师兄当面承认是他把我糊弄进去的，我当时觉得二师兄看起来是个小白脸，没想到也算条汉子。”韩渊伸长了腿，坐没坐相，若不是身上那件威严厚重的蟠龙袍，他好像还是那个无赖惫懒的小叫花，“后来我发现，他只是真聪明——我那时中了画魂，错手误杀了你，小师兄，若是我俩易地而处，你会怎么做？”

程潜没吭声，没有身临其境，谁都是站着说话不腰疼。

韩渊自顾自地道：“你肯定不会借着画魂的疯劲跳海遁走，你一旦挣脱画魂，肯定会回师门请罪，师兄们怪你或者不怪你，都是他们说了算，你不会躲躲藏藏。”

程潜苦笑道：“一包松子糖，收买你高看了我这么多年吗？”

韩渊低低地笑了起来，笑着笑着，他眼角笑纹便悄悄消去，面孔分明是青年，眼神却忽然沧桑起来：“其实我也不怕师兄们把我怎么样，我知道他们不会把我怎么样。可是愧疚我背不动，小师兄，日日夜夜啊，太折磨人了，我只能把它化成戾气和仇恨。”

程潜：“你知道我们都不会怪你。”

韩渊：“假装不知道，其实知道。”

越是知道，愧疚就越是深邃。

没有人怪他，他反而会越发地怪自己。

韩渊低声道：“逃得了一时，逃不了一世。我现在明白这个道理了……不过不算晚，还能让我看一眼扶摇山。”

两人两相无言，沉默良久。

程潜忽然抬起一只手，那矮墙上坐着的韩渊见了，便会意地微微一弯腰，在他手心拍了一下。

一声脆响，所有的背叛与纠缠，几番兵戎相见，一时间，全都灰飞烟灭了。

程潜："行了，你做师兄的随口吓唬人，就不去找小师妹道个歉？"

"明天吧，"韩渊有些局促地说道，"今天天色太晚了，那么大个姑娘了，半夜三更的，我不大方便去找她……唉，不是看着她长大，真习惯不过来。"

这方面程潜深有感触，刚要说什么，突然，远处院子里一团火好像烟花似的在爆开，彤鹤的身影一闪，落在了一棵大树上，夜色中水坑显得有些尖锐的声音喝道："你是什么人！"

程潜脸色一变，霜刃在矮墙上轻轻碰了一下，下一刻人已经不在原地，韩渊紧跟着飞身追了上去。只见水坑的院子里有一个脸色惨白、看不出男女的人，一身花花绿绿，装束比水坑还要诡异一些。

韩渊从一团黑雾中走出来，双手抱在胸前，看着那人皱眉道："妖修？"

来人见了韩渊，瑟缩着往后退了几步，退路便又被人堵住了。

程潜道："今天既不是初一也不是十五，你不在后山妖谷中老实待着，跑来扶摇山，是不是活得不耐烦了？"

两人一前一后，堵得那妖修无处可躲，他口中忽然发出一声恐惧的尖唳，骤然身化大鸟，直上直下地要蹿上云霄。

韩渊身后有龙影一闪而过，逼人的魔气当空而落，将那大鸟活活压了下来，韩渊一甩袖子，手背上血誓的八卦印一闪，他口中“啧”了一声，不满道：“不让我杀生。”

大妖落地摔成人形，还没来得及逃窜，一把剑已经压在了他的脖颈上。剑上的寒霜将那妖修的脖子映得一片青白。

程潜一手执剑，漠然地将他按在地上：“我要是你，就不会想着跑。”

妖修脸上露出痛苦的神色，他似乎不大会说人话，双膝跪地，痛苦地抬头看向水坑，用怪异的腔调开口道：“你是王后……的……”

王后的什么玩意，这鸟妖结巴无论如何也没说出来，最后他急得仰面发出一声鸟叫，没来得及变成人手的爪子在空中磕磕绊绊地画了个圈，艰难地比画出了自己的意思——你是王后的蛋。

水坑认为这种称呼是对她青春美貌的极端冒犯，于是将腰一叉，站成了一把茶壶，骂道：“是啊，一颗蛋长了这么大，你们大王很如鲠在喉对吧？他老人家记挂了我这么多年，扶摇山刚开就派你来杀我，也真是够诚心的。不过你们群妖谷人都死光啦？也不派个厉害的来，看不起我吗？”

程潜默默后退了半步，躲开她的狂轰滥炸，心里不由得产生了深深的疑惑——她这一套标准完美的泼妇骂街都是跟谁学的?

水坑这辈子竟也能显得伶牙俐齿一次，鸟妖瞠目结舌，哑口无言，瑟缩了一下，满面悲伤地看着她，灰蒙蒙的眼睛里装了满眶的泫然欲泣。气势汹汹的水坑没有料到这反应，当即惊奇道："喂，我就说两句，你干吗哭哭啼啼的？"

妖王就算脑子里有残疾，想必也不会派个哭哭啼啼的刺客来行刺。程潜见这妖修鸟爪子里好像沾了一把红泥，便用霜刃的剑鞘捞起鸟爪，眯起眼端详了片刻，确定这正是扶摇山客房院墙上的。

程潜问道："你去客房那边干什么？"

鸟妖忙嗷呜乱叫地比画一通，见没人听得懂他的鸟语，便焦急地伸爪去抓水坑的裙裾。

韩渊一巴掌拍掉他的爪子："说话你就好好说，少动手动脚的。"

鸟妖连滚带爬地从地上起来，指了个方向，试探性地走了两步，见这回没有人再打他，便放心大胆地直起腰来，在前引路。这畜生心眼还怪实在的，居然一点也没打算趁机逃走，引路引得很认真，走两步还要停下来等他们片刻。

三个人疑惑地跟上去，那鸟妖径直将他们带到了唐轸离去前住过的客房。他指着客房说了好大一通鸟语，见言语不通，急得用爪子直挠墙。

水坑：“……”

她开始不那么向往去群妖谷统领全族了，因为感觉这些族人好像都有点缺心眼。

程潜心里一转念，问道：“住在这里的人已经走了——但你认得他吗？”

鸟妖连连点头。

程潜又问道：“难道他是因为见到了你，所以才匆忙离开的？”

鸟妖继续点头。

“胡说八道，”程潜一把掐住鸟妖那比寻常人细一些的脖子，轻而易举地将他按在矮墙上，冷冷地道，“就凭你能吓跑他？你要是真知道什么不该知道的，他早就将你灭口了，还容得下你四处乱飞？”

唐轸的背叛好像一把尖刀捅进他心里，程潜这句话里带着说不出的杀意。韩渊和水坑都是一愣。

水坑疑惑地问道：“灭什么口？这里住的不是唐前辈吗？”

那鸟妖差点被程潜一把掐死，炸着毛抵死挣扎了片刻，终于可怜兮兮地从颈子里拉出一块木牌，他舌头都被掐了出来，喉咙里“啭啭”作响，脸红脖子粗地将那块木牌塞进程潜手里。

木牌中隐约含着符咒之力，程潜周身杀意未退，面无表情地伸手扯下那块木牌，将鸟妖扔在一边。只见木牌正面刻着一只彤鹤，刀法精湛，显得鸟身亭亭玉立，分毫毕现——但看得出刻的不是水坑，那应该是一只成年的彤鹤。

背面则是一面细密的符咒，历久弥新，在夜色中闪着柔软的荧光。

韩渊问道：“什么东西？”

“一张傀儡符，”程潜仔细察看了一番，说道，“还没有用过。”

韩渊嗤笑道：“傀儡符？傀儡符能有多大用？”

傀儡符能替主人分担一次致命伤害，关键时刻能救命，但本身并没有什么攻击性，唐轸怎么会怕这东西？这种修为稀松的杂毛鸟，一次打不死，还不能再打一次吗？

程潜先是疑惑，突然，他心里掠过了一个猜测，便试探地问道：“这是里面住的那个人刻的？”

通常傀儡符只能使用一次，只有一种情况例外——只要符咒本身没有失效，刻符咒的人自己是无论如何也不能伤害携带此符之人的。

鸟妖拼命点头。

一个半夜三更从后山山穴中偷溜出来的鸟妖，身上为什么会有唐轸的符咒？

唐真人他到底有什么奇怪的癖好！

韩渊用脚尖拨了一下那鸟妖：“这东西是你的？”

大舌头鸟妖一挺胸，铿锵有力地说道：“王后的！”

韩渊听了，脸上发生了一场微妙的风云变幻，转头对水坑道：“虽然我不知道是怎么回事，不过恐怕你是多了个便宜爹。”

水坑茫然无措，看看这个又看看那个。

鸟妖总是想往水坑身边凑，可怜巴巴地被程潜的霜刃剑拦在一旁。他比比画画地从怀中掏出一个盒子，只见盒中一物，里三层外三层地裹着好几层锦缎，层层剥开后，里面露出了一根半尺来长的火红羽毛。

鸟妖双手捧着羽毛，小心翼翼地伸长胳膊递给水坑，灰蒙蒙的眼睛里有说不出的期待。

水坑愣了一下，不由自主地伸手接了过来，羽毛上不知有什么东西，一下刺破了她的手指，一粒血珠顺其而下，转眼融入了那团火红中。空中响起一声悠长清冽的鸟鸣，随即，一团雾气凭空而起，落在地上铺展开，一团恍如真实的幻影呈现在了几人面前。

所有人的目光都被幻影中的女妖夺了去，只见她身披锦袍，长摆曳地，通体的雍容华贵，脸上看不出一点上不得台面的妖气，与她并肩的男人虽然也勉强能算是器宇轩昂，但明显被她那耀眼的荣光夺了风头。两人打扮登对，似乎是夫妻，中间却隔了老远，颇有些“相敬如冰”的意思。

鸟妖指了指幻影中的两个大妖，比比画画道：“王，王后……”

韩渊讶异地看了妖后一眼，又看了看水坑，完全没看出这做乡下柴鸡打扮的小师妹竟是妖后亲生的。

幻影中，妖王与妖后身后还有另一个人，似乎是来做客或是观礼的，颇为事不关己地站在一边。程潜吃了一惊，低声问道：“那是师祖吗？”

鸟妖看了童如一眼，比画了一个毕恭毕敬的姿势。

幻影中最前面是一个老头，也不知他活了多大年纪，脸上的皱纹活能夹死苍蝇，画着花花绿绿的油彩，一双皮包骨的手里捧着几片旧龟甲，神神道道地跪在地上，闭目半晌，他仿佛听够了天音似的睁开眼，脸上满是颓败神色，叹了口气，随即口吐人言道：“上谕，人间将有劫，降下天妖，天妖应劫而生，浴血出世，必夺妖王之力，大乱。”

妖王听了，脸色难看得要命，问道："天妖何在？"

那老头张开乌鸦嘴，说道："诞于妖后腹中。"

这话说完，那老头便浑身抽搐，倒在地上死了，真的原地化成了一只大乌鸦，将自己活活说死了。他两腿一蹬，一了百了，没有狗屁事，却酿成了一场大祸。

眼前幻影一闪，只见那妖王手中持剑，剑下有个小孩子，死了。

小孩也就是凡人儿童五六岁的模样，眉宇间与妖王还有几分像。

这场景不必解释，众人都看明白了——老乌鸦只说有天妖，并且天妖是妖后生的，没说是已经生下来的还是未来要生的，妖王以为此劫应在了自己的孩子身上，他听说天妖会夺取他的法力，决定宁可信其有，不可信其无，"大义"灭了亲。

妖后闯进来，见了此情此景，当场翻脸与妖王玩了命，可惜未能战胜妖王，负伤离谷，临走时，只有一只巴掌大的小灰鸟跟着她。鸟妖指着落在妖后身后那灰头土脸的扁毛畜生，羞涩地介绍道："我。"

没人理他，谁都不关心一只丑家雀。

接着，幻影再次一转，只见妖后换下了她那身累赘的装束，只做寻常女子打扮，匆忙地带人上了扶摇山。她带着一个样子有些木讷的年轻姑娘和一个受了重伤的人。

都是熟人——女的是唐晚秋，受伤的正是唐轸。

唐轸自胸口往下戳着一根巨大的獠牙，半边身体已经焦黑一片，却依然能看出清秀温文的眉目来。

韩渊疑惑道：“这是哪段旧事？”

程潜道：“唐轸说过，他年轻时曾与师妹唐晚秋在外游历时遇险，正是师祖施救，应该就是这时候。”

程潜话音未落，只见幻影中的扶摇山门口，一个正挽着裤腿干什么活的青年抬起头来，一见此人，程潜的呼吸不由自主地一滞，整个人呆住了。

师父……

那时，韩木椿还是画像上的模样，气质却已经有了后来老黄鼠狼的猥琐雏形，吊儿郎当地将手上的锄头往肩上一扛，远远地见了妖后，此人口中也没个尊称，直呼其名道：“红云，哪阵风把你吹来了？”

说话间，韩木椿目光略一扫唐轸与唐晚秋，唐晚秋与他目光相接时，竟微微一愣之后，不自在地低下了头，没敢吭声。

妖后道：“他因为我被梼杌所伤，你师父呢？快点，我要找他救命。”

“凶兽梼杌？”韩木椿面色微微一正，随即将刚才在地里刨东西的锄头往空中一抛，毫不挑剔地踩着此物飞上了天，口中道，“跟我来。”

程潜贪婪地看着韩木椿，哪怕是御物飞行，他那一边高一边低、沾满了泥巴的裤腿也看不出有任何仙人气质。可他依然看不够。

直到这一行人再也看不见了，程潜才有些落寞地别开视线。

鸟妖比比画画地指了指唐轸住过的院子，好似是充满崇拜之意地抬起拳头拍了拍自己的胸口。

韩渊猜测道：“你们王后被妖王所伤，离开妖谷，半路上遇到了凶兽梼杌，啊，我知道了，妖兽一族，强者为尊，强者吞噬弱者都是常事，凶兽见她修为受损，想要趁火打劫，是不是？”

程潜回过神来：“所以唐轸那次受伤，并不像他自己说的那样是‘不知天高地厚’，而是为了救人——救妖后吗？”

鸟妖又使劲点了点头。他抬起两只鸟爪子，不熟练地将其化为人手，掰扯着两只微微有些变形的拇指，往一起点了点。

韩渊在旁边懒洋洋地接话道：“这个我看明白了，他俩养伤养着就勾搭到了一起……”

程潜瞥了他一眼——闭嘴。

韩渊一回头看见水坑呆愣愣的神色，翻了个白眼，默默地将自己那不甚尊重的话咽了回去。

唐轸那时还没有被卷入噬魂灯中，身上没有那种缭绕着倦怠的死气，他有一双安静如春水的眼睛，纵然当时修为还不高，但博闻强识，谦谦君子，即便是人，也会不由自主地被他吸引，何况是个没见过什么像样男人的妖。

扶摇山地广人稀，掌门童如神出鬼没，十天半月不见踪影，韩木椿又不务正业，成日与花鸟鱼虫相伴，除非唐晚秋主动去找他，否则也不怎么露面。唯有挂名弟子蒋鹏会偶尔出现一次送些丹药……没人打扰，正是暗生情愫的好地方。

此事发生得十分顺理成章。

妖族帝后有杀子之仇，基本决裂，妖后另寻良人，这本也无可厚非，但要命的是，他们之间有了一个孩子——恰恰是这个孩子，应了老乌鸦预言的劫。

天妖生而不祥，妖后刚一怀胎便引来了天劫，十几道柱子粗的大雷追着她劈，惊动了童如。童如冷眼旁观了片刻，终于还是没忍心，出手保下了她。好在天妖没生，无功无业，引来的天劫并没有一定要将她们母子置于死地。

此后，唐轸决定离开扶摇山，为了妖后母子，出发去寻找传说中的大雪山金莲叶。

北边越过一望无际的草原，便进入终年不化的冰原，冰原又叫作“极北”，有玄武堂坐镇，而极北再往北，便是万里无人的高山与深渊，谷底深处有天池北冥之海，尽头飘着终年不化的大雪山。

大雪山居无定所，并不见得每次都在一个地方，因此又叫作“大雪山秘境”，种种传说，神乎其神。

大雪山秘境与心魔谷不悔台、亡灵之地的忘忧谷并称人间三大不可抵达之地。

据说大雪山之心生有金莲，只开花，平时不长叶子，只有花凋谢的一瞬间，雪山崩溃重新凝结时，根部能生出一片拇指长的叶子。那片叶子能抵达大道源头，化去世间所有罪业。

唐轸异想天开，要去寻找那片金莲叶，给他未曾谋面的孩子渡劫。

童如亲自将唐轸送到扶摇山脚下，说道：“金莲叶自古只是传说，我昨天翻遍九层经楼，没见有它只言片语的真实记录，谁都不知道它是不是存在。大雪山秘境里凶险万分，我都不见得能全身而退，你不再考虑一下吗？”

唐轸冲他深施一礼，说道：“前辈，我相信事在人为。”

尚且年轻的唐轸脸上并没有后来那么多的疲惫与忧虑，他坚定异常，与童如告别后，飘然而去。

幻影到此终结，鸟妖结结巴巴地说道："他、他再……再也没回来。"

唐轸再也没回来过，之后唐晚秋也自行告辞离开。妖后几次三番想杀了腹中胎儿，可惜最终没能下手，躲过天劫后，她离开扶摇山，回到妖谷，独自上了临仙台——后面的事，他们就都知道了。

若她当时肯带着唐轸留给她的傀儡符上临仙台，说不定也不至于丧命。

可惜，她竟没舍得。

百年后风云变幻，扶摇派几个不知天高地厚的小孩带着北冥君童如的一魂闯了进去，将天妖在染血之前带了出来。程潜暗叹了一口气，心道，人都不在了，留着东西有什么用？

后来，童如冒天下之大不韪，登上不悔台，与天争命，是不是多少也受了唐轸那一句"事在人为"的影响呢？回想起来，那一次南疆途中，正在寻找冰心火的唐轸突然停留，他是被彤鹤化妖骨的动静吸引来的吗？

十方阵前群魔乱舞，唐轸一个一直耍嘴皮子的人突然出手杠上玄黄，是不是也是因为玄黄斩向水坑的长戟？

可他既然心知肚明水坑是他的女儿，而他百年前就已经逃离噬魂灯，为什么这么多年不肯露面？

他在扶摇山庄、乃至于扶摇山全部逗留借宿过，水坑甚至毫无戒心地向他吐露过自己的身世，他为什么一直不肯言明，甚至听了她的抱怨，连脸色都不肯变上一变？又为什么要在鸟妖认出了他之后便匆忙离开？

如果不是这鸟妖身上带着他多年前亲手下刀刻的傀儡符，他是不是真要像程潜说的那样，杀了这鸟妖灭口？

水坑突然一声不吭地转身走了，平生第一次，她觉得自己或许不该生出来。

程潜一横剑拍开企图跟上去的鸟妖，冲韩渊使了个眼色："你去看看她。"

韩渊皱眉道："那你要干什么去？"

"去追查噬魂灯。"程潜一抬手，客房门口的一盏长明灯便落在了他手里，"以唐轸的性情，他当时如果是去寻找金莲，不大会在半途逗留，应该就是在大雪山附近，或者干脆是大雪山秘境中被卷入了噬魂灯，我要去看看……对了，你上次告诉我，蒋鹏之所以入鬼道，是因为天衍处？"

韩渊拖着声音道："魔行人的消息来源……"

"不见得是真的。"程潜接口，"那日三王爷口中细数天下大能，连天衍掌门在他眼里都'资质不够'，我总觉得此事天衍处虽然不是干不出来，但以蒋鹏的修为身份，当时不一定能入他们的眼。"

韩渊一挑眉："你对唐轸有怀疑，因为什么？"

程潜脸上微微露出一点难色，没吭声——他不敢确定如今的噬魂灯是否和唐轸有关系，那么但凡有一点可能，唐轸是无辜的，他就不可能将自己的怀疑诉诸于口。

唐轸毕竟是他的朋友。

"哦，我懂了，义气，"韩渊颇为嘲讽地笑了一下，随即道，"你打算招呼也不打一声，自己去？"

程潜一点头："嗯。"

韩渊挑挑眉："不告诉大师兄？"

程潜道："他啰唆得很。"

"哦，是吗？"韩渊故意拖长了声音，说道，"你敢玩一手不告而别？"

程潜面色僵了僵，没吭声。

韩渊揶揄道："小师兄，你够有种的。"

程潜沉默良久，无奈地怂了：“……我不敢。”

韩渊没料到他竟坦然承认，呆了片刻，忍不住笑了起来：“我去看看水坑，你快去掌门师兄屋里跪洗脚盆吧。”

程潜心事重重地回了清安居，见院后竹林彻底变成了一片秃瓢。他非但没想替那片竹海讨回公道，反而觉得有点庆幸，盼着大师兄的气都撒光了，一会儿能温和些。就在他磨磨蹭蹭地走进清安居，还没想出怎样措辞时，严争鸣已经从他微微躲闪的目光中看出了不对劲，疑惑道：“你干什么去了？”

程潜犹豫良久，将此事简略地说了一下：“我打算去一趟大雪山。”

严争鸣听了也不知是喜是怒，半晌没吭声。

程潜心里咯噔一下，心道：“完了，秃毛竹林不管用。”

第四章

启程

程潜小心翼翼地觑着严争鸣的脸色，辩解道："这事我有分寸，不会深入秘境，也不会碰里面任何东西，只是想去寻访当年噬魂灯……"

严争鸣慢吞吞地开口打断他："童如师祖说，那地方他去了都不见得能全身而退，你现在感觉自己比他厉害，差不多能上天了是吧？"

程潜："……"

严争鸣："还有那个唐轸，去的时候是人，一百年以后回来变成了一个鬼，你觉得自己比他小心谨慎，比他见多识广，对吧？"

程潜头疼道："师兄，你就事论事，别这么阴阳怪气。"

"哦好，"严争鸣果然停止了阴阳怪气，斩钉截铁道，"那不行。"

程潜不与他呛声，只是闭了嘴，在一旁默默地等着。

百万怨魂祭灵石，归根到底是因为童如而起。后来苟延残喘偷偷炼噬魂灯的蒋鹏是扶摇挂名弟子。立血誓要在捉到噬魂灯后，终身镇守南疆的魔龙韩渊也是扶摇的弟子。

上下三代，他们都脱不了干系，于情于理，也不可能置身事外。

这些事程潜不必挂在嘴边车轱辘话地说，严争鸣心里自然都有数。

果然，片刻后，严争鸣站了起来，驴拉磨似的在屋里来回转了几圈，抱怨道："早知道这门派这么麻烦，当年死也不应该从你手里接过师父的掌门印。"

程潜知道他心里那口气已经转过来了，不置一词地任凭他气急败坏。

严争鸣见没人接招，便主动找事："你哑巴啦？说话！"

程潜蹭了蹭鼻子。

严争鸣："去去去，快滚！"

程潜默默地往外走去。

"站住，"严争鸣怒道，"谁让你往外滚了？"

程潜："……"

饶是他有求于掌门师兄，也觉得这货实在太不好伺候了。

“不是不行，但我要跟你一起去。”严争鸣沉着脸正色下来，说道，“过几天韩渊会跟白虎山庄他们那一群人南下，水坑、李筠……还有你那个便宜徒弟留下看家。”

“不妥，”程潜道，“心想事成石在扶摇山上，你真走了，二师兄他们未必守得住。”

严争鸣皱眉沉吟片刻，说道：“那就重新封山，让李筠他们代表门派与那些除魔的走一趟，也算我们出了面。”

程潜心里惦记着自己魂魄中遗留的不明问题，这事他暂时还没敢和严争鸣说。他想单独行动，也有这方面的考虑——一百年前下在韩渊身上的画魂造成的后果实在太惨烈了，他一朝被蛇咬，十年怕井绳，尤其忌讳这些咒术。

程潜想了想，绕着弯找借口道：“这个还得从长计议。血誓是尚万年发起的，现在他死了，白虎山庄新庄主还不知姓甚名谁，虽然有血誓在手，但那些弟子们恐怕管不住韩渊，卞旭又负气而去，再说，看他那模样就知道他修为已经停滞，恐怕没几年光景了，现在中原没有一个说话有分量的人，这种乱局中，你还要封山和我去北边，可能……”

严争鸣一声不吭地盯着他。

程潜不动声色道：“可能就算我没意见，别人不见得肯。”

“程潜，”严争鸣冷笑道，“别以为隔着衣服和人皮，我就不知道你心里想什么。”

程潜好言好语的耐性终于到了头，皱眉道：“我不过跑趟腿，你打算黏我一辈子吗？”

“说得是，”严争鸣道，“我就想在扶摇山上把你软禁一辈子，你还想说什么？‘坐牢都有放风的时候’对吧？对，坐牢都能放风，你就不行——好了，我就是这么想的，你现在后悔回来了吗？是不是觉得还不如在明明谷的冰窟窿里枯坐舒坦？”

程潜和他从小吵到大，对此人毫不讲理、胡搅蛮缠等一干特质十分了解，他有些恼火，正打算开口应战，却突然发现严争鸣的嘴唇在微微地颤抖，几乎看不见血色，那疾声厉色里仿佛含着埋得很深的痛苦，依稀是陈年的旧伤疤，被色厉内荏地藏在最下面。

程潜话到嘴边，忽然就说不下去了。

他不由自主地握住自己那只藏过听乾坤的手，心想：“我能相信这玩意吗？”

程潜沉默的时间太长，让严争鸣几乎有些恐惧起来。那话没过脑子就脱口而出了，严争鸣自己都分不清是真话还是气话，但不妨碍他已经后悔了，此时脑子里一时空白一片，死活想不出该怎么将这话找回来：“我……”

“好。”程潜忽然道，“你实在想跟着，就一起走吧，但是恐怕得速去速回。”

严争鸣呆呆地看着他，还没回过神来。

程潜心里一口怒火彻底泄了，他叹了口气，冲严争鸣招招手：“行了，别愣着了，早点休息。”

第二天，严争鸣神清气爽地宣布了自己“草率”的决定，可苦了李筠。

李筠没料到自己不过眼睛一闭一睁，居然林林总总地发生了这么多事，险些被这罗列在一起能写个话本的故事压个跟头。他面无表情地看着自家掌门师兄：“所以？”

严争鸣道：“你带着年大大跟水坑，替我看好韩渊，跟他们走一趟，我们最多十天半月就回来与你们会合。”

李筠冷笑道：“对，我要带徒弟、看孩子、威慑一个凶残得根本打不过的师弟，还要捧好门派的脸面，掺和一脚除魔卫道的事——掌门师兄，请问我有三头六臂吗？”

严争鸣一摆手：“哎，你以九连环入道，心思机巧，向来能干得很，我相信这些都难不住你。”

这时候不嫌弃他修为低不务正业了！李筠想将这句虚情假意的称赞砸回掌门师兄脸上，他怒吼道："滚蛋，谁爱干谁干，我不干了！你干脆把我逐出师门算了！"

常年生活在水深火热中的李筠时常要吼一吼抗议，严争鸣早已经习惯，根本不理他，转向了一旁的水坑，水坑好像还没从头天晚上的事情里回过神来，人看着蔫耷耷的，没什么精神。

"小师妹跟我来。"严争鸣道。

严争鸣自从赖在清安居之后，这还是第一次主动出门，径直将水坑引到了不知堂。

木椿真人住过的破茅草屋还保留了当年的样子，道童们每日会来打扫，院子很干净。水坑迷茫地看了他一眼，不知道这是什么意思。严争鸣指着那三条腿的破木头桌子，对她说道："桌子底下刻的是我扶摇派的门规，当年你师兄们入门的时候，每个人都抄过四十九遍。至于这些门规用不用遵守，你可以自己看着办，什么初一十五不入山穴之类的规定，是给刚入门的小孩看的，你抄两遍就算了，不用太往心里去。"

他说到这里，微微一顿，清了清嗓子，极严肃地说道："我派弟子入门，本该由师父带到不知堂，亲口赐下戒辞，你虽已经入门百年，却始终没有经过这一步，如今师父不在了，我这个做师兄的，只好越俎代庖——”

水坑睁大了眼睛。

严争鸣垂下眼睛看着她：“你本性开朗，又不失分寸，凡事不会想太多，也不会做得过火，这很好，若是以后能多用点功，少做点没烟的白日梦，修为会更上一层。”

听说就连师父那样慈祥的人，在给弟子戒辞的时候，都是先数落，后赐戒，水坑没料到掌门师兄对她的评价这么高，一时有些无措。

严争鸣又道：“我让你给你四师兄传过话，‘扶摇自古走人道，不必听天命’，说给他听，也是说给你听，既不必听天命，当然也更不必论出身，你本该浴血而生，却并没有，本该应劫而来，却平平安安地长到了这么大，童如师祖一心想改变门派的命运、师父的命运，如今看来，他似乎全都失败了，唯有无心插柳地帮了你一把，可见有些事是不必过执的——我今天给你‘天然’二字做戒，望你日后无论是一个能让群妖俯首的大能，还是只在门派里当一个不成器的小小弟子，都坦然于自己的来龙去脉，不必自矜、也不必自苦，三千大道，若你足够疏阔通达，总有一天能殊途而归，记得了？”

他极少这样一本正经，水坑一时间有种错觉，她觉得掌门师兄好像一条不朽的山脊，始终不甚显眼地撑在扶摇山深处，平时被漫山的鲜花野草或冰雪泥泞掩盖，只有极为偶然的时候，才会露出那刀剑不摧的坚硬与沉静来。

水坑是被师兄们带大的，比起态度暧昧不明、不肯认她的亲生父亲，掌门师兄才更像她的父亲。她鼻子蓦地一酸，闷闷地“嗯”了一声，瓮声瓮气地道：“是，多谢师兄。”

可惜，她还没感动完，便见那严争鸣长出一口气，又嫌弃又轻快地说道：“我可算把你对付完了，没经过这道程序，总觉得你像个野徒弟，这回好歹变成家养的了……等会你把不知堂收拾收拾，我过两天正好不在，你跟着李筠好好抄门规，少扑腾出去惹事。”

水坑：“……”

行吧，大师兄的好永远只是浮光掠影，面目可憎才是源远流长。

就这样，严争鸣将重现人间没几天的扶摇山重新封上，众人再次准备各奔东西。

韩渊面色平静地看着那山渐渐消失在秘境中，尽量将此间风物一个不差地装进了脑子里，因为知道自己再也回不来了。

“走了，”严争鸣对他们说道，“一个月以后，蜀中见。”

程潜与严争鸣一路御剑疾驰，半路上没有片刻停留，足足飞了三天，才到了极北。

大能过境，触动了玄武堂上空的警戒风铃，当天守门的弟子出来察看，却没见到人，只见天上留下一片浅淡而狭长的冰霜痕迹，转眼便化在了半空。过了玄武堂再往北，便是大片杳无人迹的冰原了，无边无际的白将天地连成一体，肃杀得不近人情。

在极北冰原与大深渊上又没头苍蝇似的撞了半晌，天越来越冷，程潜有种回到了明明谷冰潭的错觉。然而冰潭毕竟只有一隅，远比不上大冰原浩瀚的漠然与它对万物一视同仁的冷酷，好像所有的希望与生命都会在此处终结。

不知撞了多久，冰天雪地才到了尽头，一片汪洋蓦地冲入视野——两人终于到了北冥之海。

严争鸣从袖中抖出石芥子，石芥子落入凝滞不动的海水中，化成了一艘巍峨如山的大船，无人驾驶，它自己航行，船舱内芙蓉锦缎与香炉雕花床看着眼熟，跟温柔乡是一个规格的。

程潜将这船里里外外地瞻仰了一圈，不知该说他什么好。

严争鸣：“找什么呢？”

“歌妓，”程潜木着脸拿他开涮，“总觉得这地方下一刻就能听见莺歌燕语，唱一出你说的那个……那个叫什么来着？”

“去你的，这鬼地方冻死了，”身着细软锦袍的严掌门拿着折扇，毫无诚意地抱怨道，“都是你没事找事！”

程潜：“……”

严掌门四仰八叉地往软榻上一侧歪，颐指气使道：“还不过来给我捶捶腿！”

程潜习以为常地无视了他的无理取闹，靠在桅杆上往海面上张望。此时分明是正午，海面上却一丝光都没有，它好像一块漆黑的墨迹，是连最不见底的深渊也无法形容的黑，将天色也掩映得阴沉沉的，水中不见一条鱼虾，海面风平浪静，像一片死地。

礁石众多与风浪起伏的东海同这里比起来，简直像一条聒噪的河沟。

没有人知道北冥之海有多深，当程潜从海面上往下看的时候，他心里不由得再次升起年幼时在后山探头望向心魔谷的那种心情，明知危险，却越发想要一探究竟。

“何人配冠北冥之名？那都是鼠目寸光的凡人们妄自尊大罢了。”

程潜蓦地想起童如的这句话，一开始还以为师祖是愤世嫉俗与自嘲，直到这时，程潜才真正信服。

到了真正夜幕降临的时候，海面上开始掠过旷远的风声，呜咽而过，像是万千幽魂盘旋，石芥子幻化成的大船高逾百丈，行至此间，却仿如一叶扁舟。

程潜不知不觉间在船舷上静默地站了整整一天一宿，毫无预兆地入了定——说来也奇怪，他天生心胸狭隘，却与天空大海格外有缘，每次入定不是在天上，就是在海边，大约修行本身是个缺什么补什么的过程。

东海之外还有北冥，北冥之外又有什么呢？

人生长不过天地，天地未始前与衰朽后又有什么呢？

他们以有限之身探寻无限之境，入此极窄之途，走上这样一条注定殉道的路，难道只是为了凡人上天入地、翻云覆雨的妄想吗？

这时，尚万年封存在他内府中的听乾坤和北冥之海发出了一段微妙的共鸣，好像亘古流传的遥相呼应，恍惚间，程潜又听见了钟声，内府中的听乾坤忽然莹莹地亮了起来，流光溢彩，可惜被尚万年护持在他元神身边的力量微微一挡，又重新落了回去。

不知过了多久，程潜才清醒过来，睁眼就看见严争鸣一身水汽地靠在船舱上，守在他身边。

程潜一看见他，就好像从天地落回红尘，不由自主地心生贪恋，于是微笑起来，问道："多久了？"

严争鸣抬手替他抹去脸上的水汽："入定整三天，连个说话的人也没有，无趣死我了。"

"三天？"程潜愣了愣，皱眉四下打量了一番，"连个地图也没有，我们怎么找大雪山秘境？"

"要地图没用，"严争鸣道，"海上的地图，给你也看不懂——石芥子不随水流而动，它会被清气浓郁的地方吸引，走走看吧，不是跟他们约了一个月吗？过两天不到再想办法。"

严争鸣说着说着就凑了过来，懒洋洋地趴在船舷上："真安静，感觉人间天上就剩下咱俩了。"

程潜细想了一下那番情景，顿时不寒而栗道："什么？那不就剩下我一个人让你折腾了吗？我还是抓紧自我了断吧。"

严争鸣这天难得的心平气和，也没和他这种煞风景专业户一般见识，他微微闭了眼，感觉此时此刻，心里才像是终于被填满了。从前总是留着缝隙，时而动荡一下，便能撞出一连串的胡思乱想，哪怕是在扶摇山上，严争鸣也偶尔会从一些不着边际的噩梦中惊醒。

有一天他还梦见扶摇派终于重回十大门派之首，风光了起来，却又有无数漂亮的女修前仆后继地跑来扶摇山，要拐走程潜。他被活活气醒，才知道这只是他内心深处的意难平。

这时，程潜瞳孔突然微微收缩了一下，蓦地感觉到脚下的船在加速，下一刻，他猛地将严争鸣往身边一拉，伸手拽住了桅杆，同时，整个石芥子化成的大船直上直下地倾倒下来。

只见那浩瀚无边的北冥之海仿佛突然从中间断裂，将整个世界一分为二，拉出一道高万仞的大“瀑布”……

而这样让人胆战心惊的盛景之下，却悄然听不见一点水声。

程潜来不及细想，大船已经笔直地越过那断层，飞了出去。

只见静谧的海水毫无预兆地兵分两路，中间隔开了一条近百丈宽的天堑深渊，大船笔直地一头栽进深渊里，船身在空中发出要散架一样的“嘎啦”声，好像谁的牙在打战。

严争鸣揉了揉耳朵，挥手将石芥子收回了袖子，两人各自御剑，险险地停在了裂缝上方。

没有风，没有浪，海水直上直下，流速却轻缓得不自然，撑起了一面料峭的海水墙，死气沉沉的水波却活像画上去的。空中两把剑不由自主地战栗着,像是随时打算将主人甩下来自己逃窜。

程潜将真元注入双目中，往下一看，那深渊幽然望不到头。他只好苦中作乐地嘲讽道：“大师兄，你说你那条破船会自己依照清气找秘境，结果就找到了一条沟？”

严争鸣瞪了他一眼："我怎么知道，再说平白无故的，我干吗要来这种鬼地方，还不都怪……"

"都怪我，都怪我行了吧，"程潜忙截断他的话音，"现在呢？离开这儿吗？"

"废话，难道你要卡在沟里过年？"严争鸣微微调整了木剑的高度，抓住程潜的手腕，警告道，"不许松开我的手。"

两人用十二分的小心谨慎，御剑往前飞去，打算先远离这道深渊再放出石芥子，可是古怪的事情发生了——深渊好像是活动的。它像一张深不可测的大嘴，张开黑洞洞的喉咙，不依不饶地追在两人身后，他们往上飞，脚下的海水和深渊也跟着往上涨，往前飞，那深渊就成了天上的月亮，人走沟也走。

时间稍长，眼前直发花。

程潜心道："照这么下去，我俩真元耗尽也逃脱不开这道区域。"

他回过头，见那深渊一侧的海水墙极其压抑，仿佛马上要倒伏而来，将他们两个压在下面。程潜胸中陡生一阵被压迫的窒息感，霜刃忽然尖鸣一声，雪亮的剑光一闪，蓦地灌入海潮剑的剑意，应景的海潮剑无畏地卷起了山呼海啸的北冥水，原本静谧的海面咆哮着立起漆黑的大潮，大潮边缘处碎冰层叠，在漆黑的海水中生成刺目的白，劈头盖脸地砸向那面压抑的海水墙。

“轰”一声，巨响仿佛要将整个北冥之海都震聋，程潜心里一凛——那海水墙下面有东西！

于是一下不算，接二连三的巨浪被程潜一手掀起，化成一座又一座高耸的冰山，前仆后继地撞向海水墙。

严争鸣不由自主地眨了眨眼，感觉到空中水汽凝结成细碎的冰碴，小刀子似的与他擦身而过。他摸了摸后脖颈子，忽然发现程潜平时对他还真是挺容忍的。

这样几次横冲直撞之后，海水墙的外表面整个被撞散了，薄薄的水幕好似被什么力量扯动，往两边拉起，中间竟然露出了一块天然的巨大冰山。它平整如削，绵延千里，中间无一丝断裂，内里不知包着什么，竟不肯浮上水面，半沉半浮地隐藏在漆黑的海水中。

这难道就是大雪山秘境？难道传说中居无定所的大雪山秘境就在北冥之海下面？

严争鸣按住程潜拿剑的手，喃喃道：“我的瞎猫，这么大一只死耗子也能被你遇到啊。”

两人各自惊疑不定，下一刻，无数条细细的元神之剑雨点似的从严争鸣袖中飞出，落在那不知深浅的冰层中，锋锐的剑尖磕在厚重的冰面上，一阵金石之声的乱响，元神剑大多被弹回空中，化为清气兜回严争鸣内府中，少数几条却没入了冰层之下。

元神剑中包含着严争鸣千万条神识，有几把一消失，他立刻察觉到了，拉起程潜道："这边。"

两人循着剑影，很快找到了那元神之剑没入的地方——只见黑色海水掩映下，那巨大的冰层中竟有一个不到一人高的小洞口。

程潜也不怕冷，伸手探入那洞口平整的刻痕中，他掌心立刻涌起细碎的冰凌，好像一群细小的刀剑，竖在冰面之上。

"这是被人为打开的。"程潜说道，"你看，断层里还有残余的剑气……嗯？"

程潜的手突然一顿，一股细细的血气竟从冰凌中飞了出来，穿过他的指间，不轻不重地与他的护体真元撞了一下，虽然只是残余的剑气，已经十分微弱，却依然有种要与他针锋相对的桀骜。

"还是个魔修？"程潜有些讶异地缩回了手。

会是唐轸吗？

严争鸣扫了他一眼就知道他心里在想什么，开口道："不是唐轸，这剑气这么多年还能这样暴烈好战，可见打开这个洞口的人应该是个魔修大能，修为必定不在你之下，唐轸当年应该是才下山没多久，他要是有这种修为，不至于被区区一只凶兽伤成那副德行。”

是了，妖后当时本来就被妖王重伤，再加上她一只吉祥鸟，天生与凶兽相克，险些被那凶兽啃一口也合情合理，但有些家底的修士出远门，身上都应该带着克妖辟邪疗伤的常用物品，哪怕是最软的李筠，遇见那畜生也不见得会吃什么亏，何况当时还有唐晚秋在。除非当时唐轸的修为还远不如李筠，甚至他们师兄妹那时很有可能还都没有元神。

严争鸣问道：“进去看看吗？”

程潜点点头，侧身走进那人工开出来的冰洞。他本想故技重施，像在十方阵中那样，弹指跳出一簇火苗照明，可是这招在冰洞里不行了，那火苗燃起后很快便奄奄一息地灭了下去，几次三番都是这样，这大雪山秘境中好像容不得一点光亮。

严争鸣按下他的手，财大气粗地从储物袋里摸出一颗夜明珠：“这地方不对劲，你先省点力气。”

冰洞里有一条人工开出的通道，极狭极长，依稀能看得出刀劈斧锯的各种痕迹，可见当时来这里的并不是一个人，开洞的人要么集体是矮子，要么是为了省力气，那通道开得不高，两人一路都要低头才能穿行，压得人心里十分烦躁。

严争鸣感觉头发被头顶冰洞蹭得乱七八糟，不悦道：“等从这儿出去，你得重新给我梳头发。”

程潜无奈：“遵命，保证顺着毛梳。”

两人低头猫腰地走了足足有一刻,这条细窄的通道才到了头，进入了真正的大雪山秘境，豁然开朗，两人才发现，此处竟是别有洞天。

严争鸣手中的夜明珠闹鬼一样地忽明忽暗起来，闪了半晌，自己灭了。

没了光亮本来也不打紧，元神修士蒙住眼还有神识，神识扫出几里地不在话下，可严争鸣很快发现，神识外放在此地变得异常困难，他有些吃力地眨了眨眼，凝结在他眼睫上的冰碴便扑簌簌地落下，这一瞬间，他感觉到了刺骨的寒冷。严争鸣平时抱怨冷热纯属是没事找事，并非真的感觉不适，以他的修为，早已经寒暑不侵，更不用说剑修的身体本就比别的修士还要强悍些。可这里的寒冷却不一样，那严酷的冷意让严争鸣一瞬间产生了某种错觉，好像自己忽然之间一身修为尽失，再次成了一个手无寸铁的凡人。

程潜的手太凉了，而严争鸣的皮肤已经冻得没了知觉，他几乎感觉不到程潜的存在。神识艰难地扫过周遭，只堪堪勉强能“看”清自己脚下三尺的地方，再远，那神识就像被冻住一样凝滞不前了。

方才严争鸣还在抱怨这冰雪长廊狭窄得让人抬不起头来，此时，他又觉得这里实在太大了。有那么片刻光景，严争鸣有种自己站在了世界尽头的错觉，他没有活着，也没有死去，只是伴随着无与伦比的孤独与寒冷，独自徘徊在此间……

突然，他的手背被人用力捏了一下，程潜低声道："在这里可不能走神。"

严争鸣一激灵，剧烈地喘了几口气，冰冷的气息直入肺腑，他好像从死地中生还。随即，他发现了另一件非常可怕的事，就在他走神的一瞬间，一股寒气居然渗透进了他的内府之中，将他整个内府都冻住了，那些翻涌不息、如利剑一样的真元被冻得死寂一片，若不是程潜突然出声，他的元神险些无意识地脱离身体。

"太冷了。"严争鸣回过神来，低声道，"明明谷的冰潭也有这么冷吗？"

程潜显然比他适应得多，一边牵着严争鸣小心翼翼地往前走，一边用刻意放重的脚步声打破此间沉寂："嗯，异曲同工，跟我说说话，否则容易走火入魔。"

严争鸣不依不饶地追问道："你在明明谷的那些年，到底是怎么过的？"

“冰潭很冷，冷到一定程度，人在其中就会产生幻觉，元神与肉身特别容易彼此脱离，”程潜口气平淡地说道，“我魂魄进入聚灵玉时才刚入凝神境，是在聚灵玉中修出的元神，无形中将那块玉当成了自己的身体，但它毕竟不是天生的，和魂魄总有不相匹配的地方，所以需要利用冰潭的冷，一次一次地将元神与肉体拆开再磨合……打个比方，好像做木工，得将材料不断切割磨合，才能严丝合缝。”

别人说他木，他就真当自己是块能随便切随便磨的木头——元神与聚灵玉彼此磨合有多痛苦，严争鸣心里只稍微一想就觉得撕心裂肺，一时抓着他冰凉的手说不出话来。程潜漫不经心地说道：“所以我猜唐轸肯定来过这里，否则他也不会想到用冰潭来锻……这是什么？”

他说话间，霜刃的剑尖突然碰到了什么东西，发出“叮”一声轻响。

严争鸣：“看着点，别乱踩。”

说完，他又拿出了一枚夜明珠，这些东西看着又圆又大，个顶个的价值连城，却被他糖豆一样一把一把地掏，一点也不吝惜。

夜明珠就像一团风中凌乱的烛火，从储物袋里一出来，就开始拼命地闪烁，又很快开始暗淡，不过好歹照亮了脚下一片地方。

借着微光，程潜看见他方才碰到的竟是一具人骨，以他们两人的神识竟然谁都没扫到，它太像冰雕了，与周围的冰雪之墙能完全融为一体，好像日久天长地长在了那里。

程潜蹲下去刚要伸手摸，被严争鸣一巴掌打开，糊了一块手绢。

程潜无奈地将手绢接过来，认为大师兄那储物袋里少说得准备成百上千条手绢，才能禁得住他这样糟践。

严争鸣问道："是真人的骨头吗？"

"应该是，"程潜忽然升起不祥的预感，心毫无预兆地狂跳起来，他定了定神，低声道，"时间太长，已经冻住了。"

严争鸣凑上来打量了一番，见那骸骨身侧有一把短刀，便支使程潜将那把短刀从一块大冰坨里掰下来，拂开刀柄上的冰霜，那上面刻着一个眼熟的标记。

"是魔行人。"程潜道，"我去昭阳城的时候看见过很多这样的标记。"

再往前走，好几具如出一辙的骸骨四仰八叉地横在附近，骨头上看不见一点致命伤，东倒西歪地横陈在地，好像一群被大风刮倒的竹竿，诡异极了。

程潜心里悄悄绷紧的弦拉到了极致。

“奇怪，”严争鸣低声道，“你说这群魔修不在南疆好好待着，为什么会大老远跑到这里来送命？”

程潜打断他：“别说了，小心。”

“心”字话音未落，原本一片漆黑死寂的秘境深处突然传来一声尖鸣，好像一把尖刀直接刺破人耳膜，程潜只觉双耳“嗡”一声，好像被人重重地在太阳穴上打了一拳，三魂七魄好像一瞬间被震散了。

他一阵天旋地转，差点没站住，还不容他反应，一阵罡风便毫无预兆地平地而起。

严争鸣一把将他捞回来，飞快地转了个身，用后背替他挡了一下。

程潜一惊：“师兄，你……”

严争鸣飞快地抽了口气，也不知伤到了哪里：“没事，天生原装的总比你这个后来磨合的结实——快走！”

两人狼狈地往来路退去，程潜仿佛是魂魄还没有归位，眼前几乎是模糊的，下意识地扶了一把墙，才一摸就觉得手感不对，他有些吃力地借着严争鸣手上不知第几颗夜明珠看过去，正与一张苍白的死人脸对了个正着。

程潜：“……”

严争鸣将手中的夜明珠弹了出去，在其中加了劲力，那夜明珠发出一声惨烈的尖鸣，耐不住剑修真元，当即在空中炸成了一把飞花。

两人所在空间一瞬间大亮起来，只见此地除了白骨，四面八方竟还飘满了形色各异的“人”，当中男女老幼俱全，个个面容青白，五官呆滞，保持着双脚悬空的姿势，直接被冻在了半空中，活像一群悄无声息的吊死鬼！

饶是程潜胆大包天，也不由得倒抽了一口凉气，一时只觉得翻腾的胸口更不好受了，直到爆裂的夜明珠重归暗淡，他才低声道：“鬼影……”

此地极寒，除了肉体，还能冻住人的真元乃至于魂魄。

程潜道：“这里曾经有一盏噬魂灯，被罡风一撞，其中关的鬼影都被吹了出来，这些鬼影来不及逃走，就被冻在了这里……噬魂灯何在？”

严争鸣作为一个称职的土财主，略微松开程潜后，又重新照起亮来：“你看。”

只见角落里还有一具白骨，轻轻扫开覆在他身上的冰雪，那两排被冰封的肋骨中竟夹着一根火红的羽毛，在冰天雪地里显得分外扎眼。

严争鸣问道："你说那是唐轸吗？"

那是唐轸吗？

一个尚未入元神境界的修士，千辛万苦地来到北冥之海，找到大雪山秘境，或是出于某种原因和这些魔修一同进入，或是找到了魔修们遗留下来的洞口，一路摸进来，刚好在此地邂逅噬魂灯，刚好被方才那阵罡风所伤，身死于此，魂魄却误入了噬魂灯中……

可是百年前，他和韩渊在东海岸边邂逅的那个唐轸，不是一个元神吗？

程潜心里忽然冒出了一个可怕的猜测，与此同时，他耳畔的轰鸣声越来越大，暂时远离罡风，后遗症却还在，他一时几乎没有站住，软软地靠在了一侧的冰墙上，尽力用冰冷的墙面抵住自己的额头，忍住险些脱口而出的呻吟——魂魄动荡实在是太疼了，和他为了炼木剑时割裂元神差不多。

程潜两鬓很快湿透，也不知是冷汗还是融化的冰水。

第五章

雪山金莲

蜀中多山，白虎山庄负责开路的弟子走到这里，神经总是不由自主地紧绷，因为这些层层密林中，很可能藏着阵法，他们又在空中，对方稍微隐蔽些，便能布下不为人知的埋伏。

年大大手中拿着一本旧书，正坐在低飞的飞马上逐字逐句地仔细研读，旁边忽然有人漫不经心地将书名念了出来：“转世录……”

年大大吓了一跳，书险些从手里飞出去，手忙脚乱地接住，有些慌张地看着不知什么时候走过来的韩渊，结结巴巴地叫了一声：“四、四师叔……”

毫无疑问，年大大有些怵这位喜怒无常的四师叔。

大约是给程潜面子，韩渊瞥了他一眼，没有为难他，心平气和地问道：“你打算找谁的转世投胎？”

年大大艰难地试图放松了些，答道：“家父。”

韩渊一点头：“哦，你爹出身哪里？”

“明明谷……”年大大脱口而出后，随即又改口道，“好像也不对，他本来是个东海的散修，早年有幸被选入青龙岛讲经堂，在那里入道，随后浪迹天涯自己修行，百岁后才在明明谷落脚，改了名。”

韩渊听了面无表情地说道：“青龙岛……居然还有这层缘分——给你个建议，你有空去东海附近找吧，不用谢。”

这传说中险些将天捅个窟窿的魔龙，竟然这样慈祥地同他说话，年大大愣了一会儿，嗫嚅道：“是……是吗？”

“元神投胎一般都是这样，”韩渊道，“魂归故里什么的……不过没什么用，再世为人，修为记忆都空了，自己也不知道自己是谁，只能勉强保持前世的模样秉性而已。”

年大大脸上露出一个小心翼翼的期待。

韩渊斜睨了他一眼，忽然冷笑道：“现在就先别急着高兴啦，你先想想怎么保住自己的小命吧！”

年大大一愣，前方领路的白虎堂弟子突然发出一声尖锐的警报，只见远处密林间竟有魔气冲天而起，当空堵住了一行人的去路。

韩渊身体里好像顷刻间换了个人做主，整个人看起来有种极其不是东西的魅力，身上蟠龙袍黑气四溢，弄得那四脚怪兽仿佛呼之欲出。

“别大惊小怪，”他细长的眼睛里一番红光闪过，说道，“这些蠢货以为我已经问鼎北冥，都想来踩着我的尸体混个万魔之宗当当。”

说着，他在李筠的惊呼声中蓦地暴起，整个人旋风似的扫过中天：“也不撒泡尿照照自己是什么德行！”

李筠忙道：“等等！慢着，来的人是谁？”

韩渊道：“不知道，管他呢！让开！”

韩渊毕竟是个沾过血的魔修，走魔道的人杀性难抑，一旦沾血，再难企及大道。他被血誓束缚了这么久，早就憋得头重脚轻了，这些人完全是撞在了他的刀口上。

韩渊整个人已经成了一条脱缰的疯狗，哪里是“柔弱可欺”的二师兄拽得住的？

他们脚下的密林中不知埋伏了多少桩子，俨然阵已成，织成了一张铺天盖地的大网，专门在这里等着他们自投罗网。那大网当空压了下来，魔龙身影一闪，不闪不避地迎了上去，二者相撞，山河也动荡战栗，天上风云涌动，四下鸟兽皆惊。

随行中人有许多白虎山庄的普通弟子，他们可未必能像这些高手一样高来高去，加上控制不住受惊的飞马，一时没头苍蝇一样在空中狼狈躲闪。

白虎山庄的长老扯着嗓子瞎指挥道：“落地，落地！”

天转眼便黑了下来，那罩在他们头上的大网上不时有饱含魔气的火花闪过，活像一道道快而疾的小闪电，韩渊倒是皮糙肉厚，让那火花劈上几道不在话下，同行的年轻弟子们却倒了血霉，堪堪被那火花殃及池鱼地擦个边，立刻就得一身焦黑地从天上倒栽下去。

李筠叹了口气，弹指间，一道白光冲天而起，他弃了飞马，负手御剑而立：“地面有埋伏，请诸位冷静，先不要下去。修为低微的后辈弟子退到中间来，凝神以上结八卦阵。”

那位白虎山庄长老忙道：“说得对！不许落地，都快上来！”

李筠：“……”

这位长老一定是伟大的尚庄主生前开玩笑一样捡来的。

李二爷越发感觉自己背了个好差事，然而没有办法，只好硬着头皮上，生疏地指点起这一大群不认识的弟子们结阵对抗天上的大网。

突然，李筠后背的汗毛一起立了起来，他想也不想地相信了自己的直觉，从袖中抛出一张符咒，只见那小小木牌升上天空后蓦地伸展开来，结成了一层流光溢彩的保护膜。符咒一出手，李筠就后悔了，这张符咒是严争鸣在黑市上收来的，之所以一直没舍得倒手卖出去，是因为相传此物是出于童如之手。

李筠还没来得及肉疼，便听一声将天空也炸裂般的雷鸣。

一个修为较低的白虎山庄弟子当场七窍流血，直接从飞马背上掉了下来。

当年朱雀塔边，水坑妖骨生异，都没有这样大的天雷。李筠悚然一惊，感觉这雷劫是专程冲韩渊来的！

随即，空中爆出一声裂帛之音，只见那符咒中的保护膜竟承受不住，从中间缓缓地撕开，顷刻就灰飞烟灭了！

价值连城的木牌横断两截，笔直地掉了下去。韩渊转身落在一把混乱中没了主人的剑上，面上黑龙的痕迹若隐若现，手背上的血誓红得像鲜血，神色阴鸷地仰头望着那空中的大网。

方才那道天劫不是别的，是血誓的反噬。

几条魔气从密林中冲了出来，正是在此地下绊的魔修们，将韩渊围在了中间。

奇的是当中竟夹杂着几个普通修士，个个满面仇恨，其中一人还叫嚣道："你这魔头作恶多端，十方阵前，那些可恶的软骨头迫于你师门背景，居然不敢把你怎么样，如今我们要有仇自己报！”

李筠作为“师门背景”的代表，感觉被人当面扣了一个屎盆子在头上，简直不知该说什么好。

韩渊漠然道：“哦，原来为了除掉我这个作恶多端的魔头，各位就和一大群作恶比我少不了多少的魔头联手了？可真是大丈夫能屈能伸啊，佩服佩服。”

李筠听着挺解气，便笑道：“他这心魔体与本尊最大的共同之处就是嘴贱。”

嘴贱的心魔韩渊彻底激怒了那几位突兀地混在魔修中的修士，几个人眼神一对，便联袂出了手，在头顶那道大网的护持下，他们刀枪剑戟地齐齐冲着韩渊而来。这几人身在正道，并未滥杀犯忌，虽然手段低劣，但报仇雪恨确实无可厚非，韩渊血誓在身，只有被打的份，他要是胆敢还手伤人，没准会再招来一次前任北冥君都护持不住的大雷劫。

韩渊一拧眉，拢起袖子错身避开，头也不回地冲着身后人吼道：“李筠，要你这饭桶来干什么？看热闹吗！”

李筠面无表情地将双臂抱在胸前，说道：“心魔体与本尊最大的不同，就是这心魔太他娘的不是东西了！”

水坑在旁边听了，义愤填膺地说道："哎呀二师兄，你是未老先衰吗，怎么那么多废话，快说怎么打！"

垃圾师弟，垃圾师妹……这门派简直没法混了。

李筠无奈，抽出腰间装饰品一样的佩剑，扬声对长老道："请白虎山庄的道友们拦住这几个人，水坑，三昧真火破开那道网，替你四师兄那个活王八开条路，没算错的话，阵眼在外，坤位！"

水坑立刻身化彤鹤，呼啸而去，空中魔网上的小火花对上天妖的三昧真火完全是自取其辱，网上顿时被她破开了一条口子。

年大大连忙凑上前来："二师伯，我呢？"

李筠手指翻飞，凭空从袖口中捏出一张大纸，手指一点，纸片碎成了千万块，在风中纷纷散落，化成了大大小小的一群虫子，顿时让人起了一大片鸡皮疙瘩。

虫子们从天而降，没入了山林草木中，转眼不见了踪影，李筠将一个小瓶子抛给年大大，对他说道："瓶底能借这些虫子的眼看清地面有什么，你替我留神，我总觉得此事没那么简单。"

年大大忙搓下一身的鸡皮疙瘩，双手捧着这小瓶子，在无数细碎的画面中一目十行地试图观察地面实况，吃力地体会了一把千手千眼的艰辛。

白虎山庄有长老坐镇，弟子们勉强算是有组织，回过神来，忙一拥而上，替韩渊截住了那几个搅浑水的正道修士，双方一边打一边对骂，在长老的领衔下，先是翩翩风度地问候了对方师门，打到了白热化后，又开始撕破脸面地互相问候对方已经入土的老子和娘。

见他们互相拖住脚步，韩渊轻而易举地便穿过了这群正道修士的包围圈，化成一团黑雾钻入了水坑给他破开的小口，而后他一伸手，竟是隔着老远，凭空抓向了西南方位的阵眼。

整个蜀道仿佛要被他从山上拽下来，天上的大网山崩地裂地爆裂开。

几个方才还在大放厥词的魔修见势不妙，立刻便要避走，空中传来一声绵长中含着暴虐的龙吟，而后翻滚着血气的黑云四溢，一瞬间，七八个韩渊面无表情地出现在各处，一同开口道：“哪里去？”

水坑看得目瞪口呆，感觉人生好像找到了新的方向，她化为人形，若有所思地说道：“我算是知道大师兄说的‘大道三千，殊途同归’是什么意思了。”

李筠以为她开悟，还没来得及欣慰，便听小师妹有感而发道：“除了那什么不靠谱的九连环，原来哪一道走下去都能这么厉害！”

李筠："……"

这个师兄他是干不下去了！

突然，旁边的年大大"啊"了一声。

李筠没好气道："一惊一乍干什么？"

年大大道："二师伯，地面上突然来了一群人……哎，不对，是鬼，爬得比风还快！"

李筠听见"鬼"字神经就紧张，他瞳孔一缩，伸手一拢，无数只方才被他撒到泥土中的爬虫个个跳起来，在空中接连自爆，烧成了一团团大小不一的火苗，将众人脚下的云层与魔修残存的黑雾清理出一片，地面的异变便暴露在所有人眼皮底下。

白虎长老头皮一炸："噬魂灯！"

李筠神色凝重，远远地和韩渊对视了一眼——为什么会这么巧？

然而此时已经无暇让他推想什么了，原本在地面翻滚的浓重的黑云呼啸着卷上苍天，阴冷腐朽的死气扑面而来，昏天黑地。年大大不由想起他第一次随程潜离开明明谷时见的那个山洞，心里升起说不出的战栗。

地面鬼影幢幢中，一个熟悉的人影蓦然凸显——是蒋鹏。

一百多年前，李筠他们第一次在东海见到蒋鹏，他就已经没什么人样了，如今这么多年过去，他的形象也越发骇人。只见他自腰部以下全隐藏在滚滚的黑雾下，好似根本没有下半身，飘飘摇摇地悬在半空，一时间也看不出他是个鬼修还是个鬼影，双颊瘦削，如同活鬼，脸上大片的阴影连正午日光都无法驱赶。

他打量着空中众人，忽然露齿一笑，将目光锁定在韩渊身上，蒋鹏舔了舔自己的嘴唇，涩声道：“北冥……”

被冤枉的韩渊无可奈何地收回自己所有的分身，心魔体自言自语道：“你不是说他百年前就是被上任北冥君揍散的吗，怎么屁滚尿流了一百年，回来连我是不是真北冥都看不出来？”

说完，他兀自面色一变，说话的变成了韩渊本人，回答道：“上次见他，他好像还认识人，没疯得这么厉害——他真是噬魂灯的主人吗？我怎么看他快要跟那些鬼影没什么区别了？”

心魔体接话道：“哼，真是只要本座一露面，根本不用去找这些蠢货，他们都会自己找上门来讨打，正好一网打尽。”

韩渊本人飞快地换回来，正色道：“你还是少吹两句牛皮吧，真以为别人捧一捧你就有资格自称北冥了？此人可是我师伯，我还没入门，他就敢在青龙岛附近横行劫道了，谁收拾谁还不一定呢。”

白虎山庄长老正好在一边听了整段匪夷所思的自说自话，听得老人家不由得悲从中来，感觉自己这条命可能就要交代在这儿了——因为百年来两个最大的魔头在此地狭路相逢，一个是疯子，另一个还是疯子！

这时，地面传来无数窃窃私语的声音，好像千万条鬼魂交头接耳，听得人耳根发颤，空中升起一盏巨大油灯的虚影，怨灵呼啸而起，卷成了一道飓风，旋转中露出无数张叠在一起的人脸，这让人头皮发麻的飓风刀枪不入地冲向天空中目瞪口呆的修士，钟灵毓秀的蜀中山林里，所有被那黑雾扫了个边的草木花鸟全部凋零殆尽，群鬼贪得无厌地吸收着一切生机。

年大大无论如何都不敢相信，此人就是当时在明明谷附近苟延残喘、依附于六郎身上的那个肮脏又可悲的魔修。

蒋鹏恢复了……不，他甚至比百年前更强！

韩渊嘴上放了一挂噼里啪啦的大地红，手上却丝毫不敢大意，他双手横在胸前，一把龙纹的重剑便自他掌中缓缓露出，地面的鬼修与天上的魔龙目光遥遥相对，而后同时动了手。

蒋鹏仿佛是被韩渊手中的剑刺激，手持一把森森白骨，用的竟也是剑法。

两人师出同门，在这种场合下，竟不约而同地以扶摇木剑对峙，那原本中正平和的木剑法再次表现出其变幻莫测的一面，承载着浩瀚的魔气,没有一丝一毫的违和,自行发展出了魔道版本!

李筠一巴掌拍上年大大的后脑勺,喝道:“还不让开,想死吗?”

说话间,天上地下已经完全被翻涌的魔气覆盖了,其他人不管是哪边的,全都顾不上争斗,退至一边,不敢插手两大魔头的龙争虎斗。可是偏偏来了个胆大的,只听不远处突然传来“呛啷”一声利剑出鞘之音,一道极亮的剑光横斜而来,竟悍然插入两大魔头之间。

元神之剑!

李筠脸上先是一喜,以为是严争鸣提前赶到,随即又是一惊——不对,这剑修虽然也有元神,却与他那已入剑神域第二层的大师兄不在一个境界上!

再一看,来者竟是原天衍处的游梁。

他的剑与蒋鹏手中骨头撞在一起,剑身上的符咒之力乍起,好像个不怕虎的初生牛犊,清啸一声,扑向白骨上缭绕的鬼气,鬼气仿佛遇到大风的火苗,顷刻间抖动了一下,随即又十倍地反扑回去。韩渊横剑架住蒋鹏的鬼气,同时一掌拍向游梁,冷冷地道:“别在我眼皮底下找死,还得连累我受天雷劫,滚!”

游梁的剑已经肉眼可见地染上了黑气,他脸色顿时苍白下去,面色却很镇定，飞快地说道：“前辈，我是来送信的——玄武堂以卞旭为首，纠集了一群与你有深仇大恨的修士，打算置你于死地，这些人只是幌子，他们有后招，我不知道他们是怎么获悉你们行程的，现在我的一个朋友正尽量替你们拖延时间，你最好快走！”

就这两句话间，韩渊与蒋鹏已经互不相让地交手了百十来个回合，两人脸上各自黑气缭绕，硬碰硬地谁也不肯迂回，都被对方伤得不轻，谁也没将游梁的话听进去。

那两个疯子听不进去，李筠却不聋，他心里飞速转念——游梁作为一个性情孤僻的剑修，所谓“朋友”顶多就是天衍处的那一伙，眼下天衍处遭受重创，分崩离析，谁还有闲心管他们的事？

除了赭石！

这次水坑难得反应极快，她一直负责给赭石送信，自然有联络工具，闻言飞快地从身上摸出一根灰扑扑的麻雀羽毛，只见不过几个转瞬，那羽毛的一端已经失去了生命力，暗淡了下去！

水坑失声道：“是赭石大哥！”

李筠喝道：“韩渊，住手！”

韩渊充耳不闻……或许他听见了，但是此情此景已经容不得他决定住不住手了。

一只纸虫跳得最远，忠实地将它看见的信息回馈给了李筠，李筠借着它的眼极目远眺，周身简直起了鸡皮疙瘩——只见距离他们不到五里，一个巨大的阵法正铺展开，不知有多少人的真元融入其中运转，那法阵正在缓缓合拢！

李筠一咬牙，将头上的木簪拉了下来，木簪在他手中化成了一把剑。

不到万不得已，他绝不想动用这东西，这是严争鸣留给他保命用的，其中封着严争鸣一把元神之剑。

李筠木簪上的元神剑一动，严争鸣那边立刻就感觉到了。

然而此时他偏偏无暇他顾，就在方才，程潜毫无预兆地在他面前倒了下来，好像忍受着极大的痛苦，程潜扣在霜刃上的手无意识地抵在剑刃上，黑灯瞎火中，严争鸣直到闻到了血腥味，才发现程潜无知无觉地割伤了自己。

霜刃疯狂地吸着主人的血，兴奋极了，隐约竟有反噬之意。

“小潜，小潜！”

程潜忍着剧痛，从牙缝中挤出一句话：“唐轸……他……是在噬魂灯中修出的元神……”

前因后果已经飞快地在他脑子里串起来——当年修为低微的唐轸恐怕和他们一样，到了北冥之海中心，循着这些魔修们开出来的通道进入大雪山秘境，可他还没有寻到金莲叶，先被罡风撞得人魂分离。他本该和那些魔修一样，魂飞魄散地死去，然而幸也是不幸，他的魂魄刚好被吹进了噬魂灯中。

一个无主的、鬼影都已经散落的噬魂灯。

如此机缘巧合，好比盲龟浮孔，就像程潜临死一瞬间魂魄进入聚灵玉一样，唐轸得到了这个得天独厚的机会，艰难地活了下来。只是聚灵玉是能助人修行的灵物，噬魂灯却是大邪之物，唐轸在其中受过的苦肯定比程潜还要多一千倍——但他别无选择，不是他炼化噬魂灯，就是那灯彻底地吞噬他。

最终唐轸赢了，他在噬魂灯中修出元神。

所以……他自己成了那盏灯。

可这个身体毫无疑问是不完全的，因为噬魂灯这种邪物，自诞生伊始，便沾了不知多少罪业，若要彻底炼化成肉身，招来的必然不是天劫，而是天怒。苍天一怒，能把大雪山秘境都劈成废柴，不可能有活物扛得过去。

除非……

程潜的声音几不可闻，好像说胡话一样喃喃自语道："为什么当年这些魔修要来大雪山秘境……"

传说大雪山的金莲叶能洗去人间一切罪业，那么它也能洗去噬魂灯的罪业吗？能将它彻底洗白成一件普通的灵物……就像聚灵玉那样吗？

程潜不由得又往深里想了一层，唐轸当真是拿那个带着他符咒的小鸟妖束手无策，所以才逃走的吗？一张傀儡符而已，唐轸有上百种方法越过它。他不怕自己听了前因，循着他的旧路到大雪山秘境来查噬魂灯来路吗？

还是……唐轸根本是故意想让他来？

程潜浑身发冷，百般思绪飞快闪过，他没来得及说出口，内府中的听乾坤突然大亮，程潜整个人的神识全被拉了进去，只见那听乾坤似乎遭到了挑衅，将他内府映照得灯火通明，程潜受伤的元神在内府中几乎睁不开眼。

他的神识敏感得不像话，甚至隐隐带起了封在严争鸣木剑中的那一小段，程潜感觉自己好像被分成了两个……不，是三个！

他所有的记忆被某种不知名的外力给平摊了出来，从扶摇山到青龙岛，一页一页，事无巨细，随后那些画面仿佛被一只手随意篡改，相依为命的师兄弟变成面目可憎的死敌，所有的温情都摇身一变成了冷得彻骨的仇恨。

程潜一方面在听乾坤刺目的光芒下保持着自己的神智，清晰地分得清真实和幻觉，一方面无法压抑那仿佛从心底生出的仇恨。

同时，他好像还有第三只眼，从那木剑中焦急地回望。

识海中仿佛有个声音不断地重复：“杀了他——杀了他——”

这是……画魂！

唐轸当年把记忆还给他的时候，在其中下了画魂。

程潜既清醒，又难以抵挡涌到心头的杀意，被霜刃划破的手掌一点知觉都没有。

尚万年其实没有坑他，正常情况下，听乾坤确实是能帮他抵抗住画魂的，何况他还有一小段元神在严争鸣的木剑中，可以不受影响，但偏偏遇上大雪山秘境里那能吹散魂魄的邪风……

程潜已经无暇再想这究竟是巧合还是有人有心安排。

承载着程潜一段元神的木剑剧烈地颤抖起来，严争鸣惊疑不定地将那木剑握在手中，感觉到了它和炼化它的人那种痛苦的共鸣。

严争鸣不知道程潜究竟怎么了，当机立断道：“我先带你离开这里，有什么话出去再说。”

他伸手要将程潜抱起来，程潜却本能地抬起一掌向他拍去。

这一下杀气四溢，一掌既出，程潜立刻悚然一惊，随即他生生将自己掌中涌动的凛冽的真元一股脑地收了回来，致使那一掌高高举起又轻轻落下，极其克制地将严争鸣轻轻挥开，却没有伤他分毫。

深厚的真元去而复返，反噬之力将程潜自己半个身体震得发麻。他当场一口血呛咳出来，染红了自己的衣襟，混乱的意识短暂地在疼痛的刺激下清明了片刻。

严争鸣震惊道："你干什么？"

程潜没理他，一来此事说来话长，二来他自己都没弄太清楚，实在已经没什么力气解释。但他心里清楚，跟严争鸣说什么让他自己先走之类的废话，严争鸣非但不会听，还会更紧张地凑过来。于是他只是默无声息地冲严争鸣摆了一下手，咬破了自己的舌尖，在满口的血腥味中借着疼痛带来的清醒，他干脆利落地卸下自己四肢关节的劲，随即抓紧时间凝神内府，将真元一股脑地全部引入气海中，丝毫不顾其中乱窜不安的真元，聚精会神地冲撞起尚万年留在他元神里的封印。

尚万年临死前担心他受损的元神承受不住听乾坤的传承，封住了听乾坤，只有他元神修补完全，那封印才会自行破开。但此时已经顾不上那么多了，程潜急于放出听乾坤，想借它一臂之力除掉唐轸落在他身上的画魂。

至于此时的他能不能受得了那严酷的传承，程潜完全未做考虑。

有条件的时候他自然会稳妥行事，真被逼到绝境，他也绝不相信自己会有什么做不到的事。

如若不成……

如若不成，他就算死无全尸，也断然不肯伤大师兄一根汗毛。

严争鸣只觉周围所有的寒意一时间都向程潜涌过去，与他擦身而过的时候将他冻得一激灵，而程潜眉心忽然有一个小小的耳朵印记亮了起来。这大雪山秘境中遇灯吹灯，遇蜡拔蜡，容不得一丝光明，而那发光的印记竟丝毫不受此间影响，越来越亮，亮到严争鸣能清楚地看见程潜苍白的嘴唇上沾的血迹与眉间一股若隐若现的黑气。

严争鸣一时间摸不清是什么情况，没敢上前——他直觉这似乎是某种神秘的传承，可地方不对，时机更不对。

况且究竟是什么传承要他这样自虐？严争鸣闻所未闻，也不知道如果传承被中途打断，程潜会怎么样。他万万不敢拿程潜冒险，只好热锅蚂蚁似的将木剑收回内府，一遍一遍地用自己的元神之力安抚震颤不已的木剑。

木剑毕竟是他的本源之剑，久而久之，严争鸣竟从中感觉到了一丝微弱的共鸣，他感觉自己好像听见了一阵微弱遥远的钟声。不容他细想，严争鸣突然感觉脚下的大雪山秘境震荡了起来，隔着厚重的冰层，他竟听见了海水怒潮的声音。

外面的北冥之水正在和程潜眉间的东西产生共鸣！

严争鸣戒备到了极致，整个人几乎绷成了一把剑，心道：“要只是海水共鸣还就算了，可千万别是……”

这想法刚一冒出来，便听见大雪山秘境深处再次传来尖锐的风声，方才那邪门的大风毫无预兆地卷土重来，这一回它居然直接越过两人前方的白骨群，不依不饶地追了过来！

严争鸣简直要苦笑了，他还是头一次知道自己居然也有张乌鸦嘴。

剑修铜皮铁骨，寻常刀剑根本伤不了他，然而方才他只是被这风扫了个边，居然就留下了几条半尺长的伤口，直到这时，严争鸣的后背还一阵阵地掠过难忍的疼痛，足可见这罡风是何等厉害。

严争鸣深深地看了一眼已经全无知觉的程潜，将木剑唤出来提在手中，所有的元神之剑在他身边一字排开，入鞘之境的气场全开，在这雪山秘境中生生地开出了一片剑域。大雪山秘境被听乾坤凶残的传承惊动，好像后知后觉地发现了这个闯入者，那方才只是在两人面前扫了个边的罡风翻涌着直扑向程潜。

严争鸣飞快地用元神剑织就了一片浩瀚的剑网，低喝一声，竟不自量力地寸步不让，要将那雪山一怒牢牢地隔绝在外。剑域与罡风狭路相逢，刹那间，千万条光点分崩离析，削铁如泥的利器在这天地至刚的怒风中纷纷摧脊折腰。甫一交手，那剑域顷刻间被吹平了一半。

寒光映壁，明烛惨淡，金石之声不绝于耳，严争鸣的长发已经彻底被漏过的风吹散，长袍猎猎而动，不时多出一两道裂口，没多久，他的衣衫已经近乎褴褛。

而他微微闭上眼睛，让扶摇木剑的剑意在他双手中涌动不息。

曾经，他以为程潜已死，自己无论如何也打不开封山令中的锁，他想，他总有一天能以一己之力压制掌门印中历代掌门的神识，强行越过封山令让扶摇山重现人间。

此时，严争鸣面前是整座北冥深处的诡谲秘境，而他持一木剑，不动如山。

“我这么一个惜命的人，为什么总能碰上找死的事？”严争鸣心道。

“入鞘”之剑比之出锋更加内敛，却更加绵长。

他一个人与整座大雪山开始了漫长的拉锯，周身剑气无一丝外露，源源不断地从他内府涌入剑域中。

不断被暴虐的风吹倒，再不断地重新立起。

雪山中无日无夜，严争鸣自己也不知道自己究竟撑了多久，周身经脉逐渐泛起久违的疼痛，针扎似的，这代表他内息真元即将耗尽。严争鸣已经不知多久没有体会过这种强弩之末的滋味了，他不由得回头看了程潜一眼，那张脸苍白如纸，他却仿佛能从中汲取无限的力量。

严争鸣忽然觉得很奇怪，他认为以自己怕疼怕苦什么都怕的脾气，不必到灯枯油尽时，就必定坚持不下去了，遇上此情此景，肯定是整理仪容坐地等死，可一旦身边有个程潜，就什么都不一样了。程潜能将他从一片“娇弱”的脆饼，变成一块榨不干的破抹布，纵然其貌不扬，用力拧一下，总还能再挺一下。

当年在青龙岛上就是这样，现在也是这样。

针扎一样的疼痛逐渐遍布他全身，严争鸣的四肢好像要被撕裂开，那是熬干的经脉给他的严厉警告，他毫不理睬，突然撤去周身屏障，所有的元神之剑拔地而起，一瞬间，严争鸣整个内府都空了，他耳畔轰鸣，一掌将所有的剑全部推了出去！

元神剑当空化成剑意，无处不在，排山倒海似的反扑出去，在空中发出一声近乎野兽咆哮的尖鸣，大雪山秘境中的罡风竟在这一瞬间被他推了回去。

严争鸣整个人晃了晃，身上居然已经开始渗血，他长剑点地，强行站住，眼神却已经涣散，无意识地低喃了一句："小潜……"

无法保护年幼的程潜始终是他终身的遗恨，时过境迁，程潜已经强大如斯，根本用不着他了，唯有当年残留的恐惧依稀盘踞心头，始终挥之不去。严争鸣嘴角露出了一个说不出意味的笑容，随后，他就着站立的姿势直接晕了过去。

木剑脱手而出，却没有倒下，那木剑的剑尖向下，悬在空中，始终尽忠职守地挡在他面前。

然而等了片刻，更强烈的反扑却没有来，罡风不知一时被剑意打散还是怎样，重新游荡回大雪山深处。

程潜木剑中焦头烂额的神识松了口气——他此时的感觉无从描述，整个人神识一分为二，一半在身体里，一半在木剑中，好像两个脑子同时思考，还要互相干涉，他算是真真切切地体会了一回韩渊的感受，无论是中画魂的滋味，还是一分为二的古怪。

他身体中的神识拼命抵抗画魂的影响，在听乾坤封印打开之前维持着自己最后的理智，木剑中的神识则一边守着严争鸣，一边在画魂嘈杂的干扰中思考起前因后果。见罡风退散，程潜短暂地缓过一口气来，心里的疑惑却浮了上来——画魂的暗示到底是什么意思？

唐轸究竟出于什么理由要让他杀严争鸣？

如果说唐轸为了挑起天下乱局，那他或许想除掉韩渊和尚万年等人，可他又不是不了解严争鸣——他们扶摇派的掌门师兄周身总共那么几块逆鳞，一只手数得过来，只要没人碰，他就能一辈子待在扶摇山上，大门不出二门不迈，断然不会去主动找麻烦。

唐轸有什么必要平白无故惹上这样一个凶残的大能剑修，还大费周章地将他骗到大雪山秘境来？就算唐轸真的疯了，一定想通过他要严争鸣的命，那为什么在扶摇山的时候不动手？

扶摇山上，他们有那么多毫无防备的时光朝夕相处，随便什么手段，严争鸣都万万逃不过去，为什么非要在这里？要知道大雪山秘境步步危机，他俩又谁都看不清谁，自从进入此间，神经都很紧绷，偷袭几乎是不可能的。

而他与严争鸣的修为可谓是在伯仲之间，唐轸凭什么认为只要他动手，就一定杀得了严争鸣？

程潜本就是元神修士，又经历过七道雷劫，远不像当年的韩渊那样修为低微好控制，他要是发现自己不对劲，必然会抵抗，如果唐轸认为他这样分神自耗，都能随便伤得了剑神域的剑修，那未免也太看得起他了。

唐轸在此时此刻动了埋在他身上的画魂，除了打草惊蛇，还能有什么用？

严争鸣只是昏迷片刻便醒了过来，他狼狈地靠在墙上，先是感受了一下秘境中混乱的风向，随即抓紧时间调息真元，良久缓过一口气来，这才偏头看了一眼静止不动的程潜，自言自语道：“居然还没死……喂……你到底什么时候能起来给我梳头？”

程潜眉间的耳朵印记仿佛更亮了，随着他不断渗透那越发摇摇欲坠的封印，那股熟悉的、仿佛要将他整个人烧成一堆灰烬的灼痛感再次冲进了他的五脏六腑。

这不可避免地影响了程潜活跃在木剑中的神识，木剑“嗡”一声轻响。

严争鸣将自己的目光从程潜身上撕了下来，蓦地抬起头望向大雪山深处，只一眼，他心里就突然生出了某种说不出的冲动，仿佛那秘境中有什么东西对他产生了无法言说的吸引力，让他的心狂跳起来。

然而他没有动，严争鸣的手缓缓摩挲过手中木剑，自言自语道：“奇怪，若不是你在我身边，我都要去看个究竟了。”

严争鸣在距离程潜三步远的地方站了起来，既不过分靠近打扰他，又能将程潜完整地放在自己视线里，这样，他便好像能抗拒那大雪山深处对他莫名其妙的引力。严争鸣微微舔了舔自己干裂的嘴唇，感觉此间不仅自己不对劲，连整个大雪山秘境也因为什么怦然心动。

突然，他用力眨了眨眼，只见一缕光从那秘境深处刺了出来，像是碎在黑暗中的一把纯金，先开始只有一线，随即缓缓舒展开来，好像在最黑暗的地方开出了千万朵金花。

神秘而幽静的光晕在冰天雪地的秘境中来回荡漾，映得四下里处处波光粼粼，恍如人间仙境。

此情此景太难以形容，所有看见这一幕的人都会情不自禁地屏住呼吸。

严争鸣瞠目结舌了半晌，心里忽然闪过一个猜测——那是大雪山金莲的叶子吗？

金莲叶竟是真实存在的吗？

那金光冒出来的一瞬间，程潜便觉得自己内府中的画魂当即压不住了，黑气顷刻便占领了他的内府，微弱的元神近乎淹没在其中，他的内府中只剩下听乾坤所在那一隅还算勉强。

原本闭目不动的程潜蓦地睁开眼睛，那双眼睛比他平日动用功法的时候还要冰冷，几乎看不见底。

严争鸣第一时间回过神来：“祖宗，你可算醒了。”

程潜却没理会他，骨头关节发出脆响，随即他居然摇摇欲坠地站了起来，整个人身上布满了冰霜。他行动僵硬得极不自然，手中沾了血的霜刃透出毫不掩饰的杀意。

就在这一瞬间，严争鸣手里的木剑陡然脱离了他的控制，原来是趁他心神不定时，程潜身在其中的一半神识陡然将木剑短暂地接管过来，将积聚许久的一道剑气打向了他自己。严争鸣一把捉住木剑剑柄，可依然没来得及阻止，他眼睁睁地看着那道剑气已经笔直地没入了程潜的身体。

严争鸣当然知道木剑中作祟的也是程潜的一部分，他又惊又怒道："程潜，你吃错药了吗！"

程潜的身体晃了晃，似乎不知道疼，冰霜顺着他的脖颈浮上面庞，嘴角已经有一道血迹流下来，他却无知无觉，死气沉沉的目光盯着前方，目空一切的模样看起来分外眼熟……严争鸣的后脊一凉，那是画魂！

程潜缓缓地提着霜刃，剑尖在冰上划过，发出令人牙酸的声音，他步履近乎蹒跚，一步一步地向严争鸣走来。

"他想杀了我吗？"严争鸣心里飞快地闪过这个念头，整个人从头冷到了脚底下，乱哄哄一片，一时竟呆立在了原地。

突然，他眼角被一阵金光晃过，严争鸣心口重重地一跳——对了，金莲叶！

他不管是谁，也不知对方是什么时候对程潜下的手，但只要能拿到那金莲花的叶子，一打画魂也不在话下。

严争鸣抱着这个念头，蓦地捏紧了手中木剑，再不让程潜借他的剑气自残，飞身向那金莲叶的光源冲去。

程潜木剑中的神识立刻明白了他要干什么：“师兄！站住！”

可是没有人听得见一把剑在说什么。

唐轸将他们引到这里，用其中罡风动荡他的魂魄，引发画魂。那人精通种种魂魄咒术，为何偏偏要选择画魂？电光石火间，程潜心里忽然掠过一个猜测——因为严争鸣曾经在东海边见识过真正的画魂，他能认出来，扶摇派没有人会忘记画魂。

唐轸当然知道程潜杀不了严争鸣，这番手脚就是为了打草惊蛇，若见程潜被画魂困住，严争鸣的第一反应会是什么？

不言而喻——大金莲叶。

那一瞬间，程潜木剑中的神识剧烈地波动起来，几乎牵动了严争鸣的内府，严争鸣感觉到熟悉的神识，本能地一顿。程潜果断将自己藏在木剑中的神识强行抽回内府，裹挟着从木剑中顺来的一道入鞘剑修的剑气，直接动手砍向了听乾坤的封印。

本就在松动的封印一瞬间分崩离析，他内府中被封印的灵物光芒大炽，仿佛要将他五脏六腑都给烤焦了，程潜眉宇间那上不得台面的邪术被摧枯拉朽般地卷起，画魂顷刻灰飞烟灭。

随即，更严酷的考验来了。

程潜整个人都好像被烧着了，方才凝结在身上的细碎冰霜肉眼可见地纷纷化开，转眼就将他的发丝衣服浸透，元神与肉体的感应蓦地断开，简直像是多年前聚灵玉肉身未成、他第一次险些被天劫劈出肉体时一样。

程潜的身体失去控制，软软倒下。

大雪山秘境战栗了起来，严争鸣也不顾他中了画魂，一把抓住程潜的手，将他拉进怀里，心道：他要杀我就让他杀吧。

随即，严争鸣几乎被程潜滚烫的身体烫得一哆嗦，接着，本来销声匿迹的罡风再次胡乱飞过来，利刃般的刀锋在秘境中脱缰野马一般地乱撞，完全失去了控制。严争鸣紧紧地搂住程潜，几乎同时，他们脚下秘境蓦地塌了，严争鸣用剑气在自己和程潜身边以攻为守，形成了一层保护膜，裹着两人一同往秘境深处滚去。

这秘境浑然不知有多深，严争鸣外放的护体剑气仿佛沙滩上的沙堡垒，无数次重建，又无数次破碎。

大雪山秘境究竟是什么？

他们要到哪里去？

这样一直往下掉，会最终掉到北冥之海海底吗？

严争鸣还以为自己已经看见了金莲叶子发出的光，就代表他们在大雪山秘境中心了，此时才知道，原来是那金光的穿透力极强，遍布四处，金莲本尊却还远在十万八千里外。他有种错觉，好像整个北冥之海之所以那么黑，是因为它将所有的光都集中在了那株金莲上。

严争鸣的护体剑气再一次分崩离析，一时提不起力气再重新凝聚一个，他便硬扛住其中罡风，紧紧地护住怀中程潜。他想起程潜对他讲过的忘忧谷，传说在那不生不死的地方，师父和师祖两个人永远相伴留在其中，周围除了一些不肯多做停留的小鬼，什么都没有。

严争鸣没有对程潜说过那两人之间不可说的牵绊，只是暗暗为这样的结果欣慰。

若能和自己心里最珍重之人魂归一处，千刀万剐算什么？粉身碎骨又算什么？

严争鸣心道："这辈子你就会气我，下辈子可得给我当牛做马。"

就在他胡思乱想的时候，一道古怪的真元突然神兵天降般落在了他身边，给他俩加了一道护体真元。

严争鸣："……"

等等，怎么这鬼地方还有别人？

虽说是救了他，但严掌门方才想入非非得太投入，一时还有点被人打扰的不悦。好在他的不合时宜病没有病入膏肓，严争鸣很快反应过来，借着这一点珍贵的喘息时间，飞快地调息起自己紊乱的真元。

同时，他也没忘了谨慎地将这意外的助力探查一番。

这道护体真元内里分了两层,内层靠近人的那一面极其温暖，暖和得好像冬天被火炉温过的被子，一瞬间便渗入了他的四肢百骸，外层却极冷，酷烈得与大雪山秘境如出一辙。

什么人这样神通广大?

只听有一人在他耳边轻声道：“凝神，你有些急躁，剑意的攻击性太强了，会刺激到此地罡风，收敛些。”

严争鸣微微一侧头：“谁？”

那人不答，一段乐声却由远及近地响了起来。

曲调舒展而悠然，好像一场春雪后，天气毫无预兆地转暖，衰败的荷塘中凝滞的冰块缓缓化开，掩藏在淤泥中的生命藕断丝连地露出一点细小的端倪，来年的鱼吹开上一季的枯枝败叶，露出波光粼粼的鳞片来。而千万片荷叶如轻解罗裳的美人，追风凝露地缓缓舒展开身体，簇拥着一朵清水洗过的莲花……

严争鸣听不出那是什么乐器，只觉得自己因为程潜而焦躁不安的心安定了些许，周身真元源源不断地在内府流转了几个周天，他深吸一口气，察觉到了自己的不妥——方才太担心程潜，又被秘境中罡风激起了戾气，剑意险些跌了个境界。

他缓缓地收拢起自己外泄的剑气，秘境中的罡风果然跟着示弱不少，不多时，竟又有平息的趋势。

严争鸣低头给程潜调整了一个姿势，低声道：“多谢……我师弟方才情况不大对，我可能一时有些热血上头。”

乐声余韵依稀，尾音已经停了下来，那人道：“只是区区咒术而已，有解，不必忧心。”

严争鸣轻轻扳过程潜的脸，十分忧虑地仔细端详了片刻，忽然发现程潜眉心的黑气与那耳朵形状的古怪印记居然一同不见了，除了他的身体越来越烫，看不出一点异状。

“奇怪，”严争鸣心道，“这么一看又不像画魂了。”

他便试探着问道：“不知阁下是否看得出，他中的是哪种咒术？”

那声音不咸不淡地说道：“春秋咒，你们修士好像也叫‘画魂’，传得神乎其神，其实只是雕虫小技而已，不必在意。”

严争鸣眉尖一挑——什么叫作“你们修士”？

他便问道：“敢问尊驾……”

“我不是什么‘尊驾’，”那声音有些缥缈地说道，仿佛不习惯人的客套口吻，缥缈中又带了几分生硬，“我只是个伴着金莲花所生的花灵而已。”

说着，一道灰白的影子便在严争鸣面前闪了闪，看不清是男女老少，模模糊糊的，在凛冽的大雪山与越发灿烂的金光中，像一只不显眼的蛾子，稍不注意便会忽略。

严争鸣微微眯起了眼睛，不知这花灵打算怎么对付他们两个闯入者。花灵仿佛看出他心中所想，直来直去地说道：“你不必多心，我之所以出面保下你们两人，也是奉了金莲花之命。”

严争鸣一愣，他虽然时常自负英俊潇洒，但也没有自恋到认为自己能花见花开，心里升起十分的警惕，想道：“这鬼莲花不是要将我们弄去当花肥吧？”

花灵道：“今天的金莲叶是因你而开的，你自然有权利将它取走，跟我来。”

严争鸣：“……”

金莲邀请他将自己的叶子取走？见他要被雪山秘境拍死，还特意派了个花灵护送？这是白日梦吧？有道是“上赶着不是买卖”，何况严争鸣一向倒霉惯了，坚决不肯相信这种狗屎运能落到自己头上。他皱了皱眉，试探道：“这倒让我受宠若惊了，不必说别人，就是外面那位将大雪山开了个洞的魔修前辈，修为恐怕就在我之上，我何德何能？”

花灵道：“那鬼修修为确实在你之上，但他没这个资格——因为他不是万魔之宗。”

严争鸣：“……劳驾，我也不是。”

花灵道：“大金莲叶子能洗去人间一切罪孽，本身代表一种规则，不是谁修为高就认谁的，它认可的人不论正邪妖魔，必须是能左右一方局势与规则的人，这叫作‘有势’，‘权势’的‘势’，看得出你是个正道修士，或许你本身没有过人之处，但你们这一代人其他大能都死光了，‘势’便落在了你身上，也没什么稀奇的，不必惶恐。”

严争鸣：“……”

虽然听起来好像是矬子里拔将军，但细一想，好像还真是那样——童如死后是四圣的时代，而眼下，随着尚万年的陨落和卞旭的衰老，四圣的时代已经过去，除魔行动中，天衍处与魔行人九圣两败俱伤，各大门派在十方阵前全都伤了元气，还真是个山中无老虎，让他这只猴子称大王的时代。

不说别的，他们那么轻易就免了韩渊的死罪，不可能与扶摇而上的扶摇派没关系。

花灵又道："所谓大雪山秘境，其实只是北冥海中金莲花自己凝结的保护层，一旦金莲花长出叶子，这个秘境一炷香的时间就会分崩离析，重新等待下一个在金莲身边聚集的契机，你最好动作快点，拿了金莲叶，自行带着你的师弟离开此地就是，他身上不过一个小小画魂，有了金莲叶，不费吹灰之力就能破解。"

严争鸣总觉得这大雪山金莲叶有点玄乎，于是问道："恕我愚钝，多嘴问一句，什么叫作'洗去世间一切罪孽'？好比说有人滥杀无辜，罪孽深重，事情已经做下了，难不成只要有这片叶子，那些死了的人就能活过来？"

花灵被他问得一愣，片刻后笑道："我在大雪山秘境中所见之人多为魔修，果然，你们这些正道修士想的事和他们不大一样——人死自然是不能复活的，我所说'罪孽'与你想的并不一样，你既然已入剑神域，想必已经能感觉到了，冥冥中扣在修士们头上的那东西……"

严争鸣会意："是，天道。"

"天道，有清浊动静，有长短厚薄，至刚则折，至厚将崩，"花灵低声道，"天道令魔修修为一日千里，又令他们嗜杀嗜血以为平衡，若要魔道成圣，非得终身未曾沾血。天道要的是平衡，修士，所谓'罪孽'也是它平衡的一种方式，让修士们种因得果，自己惶恐约束自己的行为，以免善恶到头有天劫。”

说话间，严争鸣双脚踩上了实地，仿佛是接近雪山秘境的腹地了，那些暴虐的罡风不知什么时候消失了。

随着真元运转，严争鸣身上大大小小的伤口也开始愈合。他将程潜打横抱起来，并未继续深入，站在原地道：“你的意思是，这金莲叶子听起来那么神乎其神，其实说白了，就是天劫面前一把逃避罪责的保护伞？”

花灵道：“出于淤泥，去其浊取其清——你要是非那么说，倒也没什么不对。”

严争鸣心里生出了说不出的抵触，那股来自金莲叶的致命吸引力都被冲淡了。

花灵站在距离他十步远的地方，缓缓道：“天道不仁，以万物为刍狗——大道有什么正邪之分？不过是你们这些凡人看不透罢了。”

严争鸣听了简直想冷笑，要真是这样，韩渊那五百年的鞭刑又有什么意义？只要往脑门上贴一片莲花叶子，当场就能变成一个纯洁无瑕的小绵羊！

世间正邪、善恶、因果、报应——都是一场可以钻空子的游戏不成？

就在这时，严争鸣忽然听见一片植物破土而生的声音，接着，一股难以言喻的异香流转而来，花灵微微仰起头，轻声道："金莲花开，那片能障目的叶子也展开了……"

严争鸣一愣，顺着那花灵所在方向抬头望去，只见一朵不过两捧大的金莲花静静地浮在地上，真的接近金莲，那妖异的金光反而没有那么浓烈了，说不出的圣洁。根系却深埋在漆黑的北冥海水中，有种强烈的反差。

是了……这大雪山秘境能熄灭一切火光，包括天然的夜明珠，原来此间冰雪是那极黑的北冥之水凝成的！

金莲孤零零地横在薄薄一层海水中，上面飘着一层影影绰绰的雾气，仿佛是感觉到了外人的气息，莲花忽然缓缓转动起来，露出了被它藏在下面的一块巴掌大的莲叶。不知为什么，一见那莲叶，严争鸣心里忽然生出某种难以言喻的敬畏之心。

花灵低叹道："这就是大雪山之心……修士，既然它为你而绽，便是你的了。"

严争鸣却没有动。

那花灵看了程潜一眼，忍不住道："金莲叶如昙花，完全绽开后只有一炷香的时间，随即枯萎，雪山秘境也跟着崩塌，此乃人人打破头想要的人间至宝，你还在磨蹭什么！"

花灵的话音里不由带上了几分压抑不住的焦躁与催促，严争鸣被他催促得几乎生出逆反之心，想道：皇上不急太监急，这是什么道理？

那花灵见他神色游移，立刻对症下药道：“就是莲叶等得，你师弟的画魂恐怕也快等不得了！”

这话笔直地戳中了严争鸣的死穴，随着他不住靠近金莲花，程潜的脸色也越发惨白，及至此时，他两鬓的头发已经全然被冷汗浸湿，手指正无意识地痉挛着缩成拳头，整个人都在发着抖，好像忍受着极大的痛苦。

花灵又道：“你打算看着他为了你自残自伤，死在你怀里吗？”

严争鸣终于再摒不住，将程潜放下来让他靠在自己身上，腾出一只手，伸向那能让世上所有魔修疯狂的金莲叶。

就在这个节骨眼上，程潜醒了。

程潜眼中有残存的金光闪过，他似乎从极大的痛苦中回过神来，毫无预兆地一把抓住了严争鸣伸出的手。他浑身仍在不住地颤抖，眉目间除了痛苦，还有种说不出的沉郁之色。

程潜闭了闭眼，下一刻，严争鸣替他收在背后的霜刃蓦地脱鞘而出，在空中划了一个巨大的扇形，毫不留手地砸向了一侧的花灵。电光石火间，花灵本想避让，那霜刃的角度却极其刁钻，若他避让，剑气必然会波及金莲。

花灵避无可避，大喝一声，那外冷内热的古怪真元以他为中心，瞬间结成了一道屏障。

这屏障不知是功法还是什么法宝，连大雪山秘境中的罡风都扛得过去，与霜刃的剑风短兵相接，撞出一声动地惊天的巨响，在北冥深处来回游荡。大雪山发出不堪忍受的“咯吱”声，本已经安静下来的罡风再次不安地涌动起来。

再看，那金莲花下面哪有什么叶子，分明是光秃秃的一片！

居然是障眼法。

霜刃踉跄着飞了出去，被程潜伸手一拉拽进手里。同时，花灵连退几步，原本灰白的影子仿佛不稳定地晃动起来。这一番变故如兔起鹘落，简直让人应接不暇，严争鸣与那花灵几乎同时开口。

严争鸣惊疑不定地问道：“小潜，你这是干什么？”

花灵愤怒地咆哮道：“你疯了吗，这金莲可是北冥之心！”

“北冥之心……和我有什么关系？”程潜沙哑地低声道，他脸色丝毫不见比方才好，目光如墨，死死地盯着那花灵模糊不清的影子，面沉似水，“别装了，你手中这朵冰心火还是我亲手在昭阳城中挖出来的。”

冰心火?

严争鸣倏地反应过来:“唐轸?”

“唐轸”二字一出,程潜拢在霜刃上的手背青筋暴露,剑尖轻轻地擦过地面,发出让人牙酸的摩擦声。

严争鸣一时茫然:“你到底是怎么回事?方才那是画魂吗?”

“拜唐真人所赐的画魂,不过现在已经解了,”程潜转向他,森冷幽深的目光落在严争鸣身上的时候,总算柔和了些,他深深地看了严争鸣一眼,忽然轻声道,“师兄,多谢。”

这一眼好像有千言万语,严争鸣完全不明所以,本能地摆手道:“不……不用谢,等等,都什么乱七八糟的!你说这只蛾子就是唐轸,他还给你下了画魂?”

“他真正的身体是噬魂灯,我猜他现在只是元神,借着冻在大雪山秘境中的鬼影之身行动。”程潜缓缓转向“花灵”,低声道,“只有噬魂灯真正的主人,才能将自己的神识投入噬魂灯中的无限鬼影里,是不是,唐兄?”

他将话说到了这里,那“花灵”沉默片刻,忽然轻笑了一声,在空中缓缓显了形。

白雾中先是浮现出一个死气沉沉的少女形象,那面色与呆滞的目光一看就知道是一条鬼影,随即,鬼影逐渐拉长,五官在空中缓缓地扭曲变化,仿佛一团泥巴,几经变动,最后成了一个唐轸。

唐轸被他当面揭穿，几乎功亏一篑，然而他城府极深，并未让懊恼显露在脸上，负手笑道：“所谓鬼道，本来就是魂魄之道，若修鬼道的人只能指挥着一帮鬼影去撕咬敌人，那养鬼影同养狗有什么区别？未免太低劣了。”

严争鸣迟疑了片刻，问道：“你是噬魂灯，那蒋鹏是什么？”

唐轸扫了一眼那光秃秃没长叶的金莲，慢声细语地说道：“也罢，同你们聊聊天也无妨。蒋鹏是一只鬼影，鬼道一途博大精深，魂魄与元神可以炼化，难道肉身就不可以吗？世人未免太过拘泥了。”

严争鸣惊愕地问道：“你将蒋鹏连人带魂一起炼了？”

唐轸笑道：“这可不曾，严掌门大概也听说过，鬼道是魔道的一种，都不能亲手沾血，否则必成为杀意的奴隶。我不过是在他游历途中，借着与他是旧识的关系同他接近，因势利导、推波助澜了一番而已，蒋鹏是自愿被噬魂灯炼化的，而且到现在，他都还以为是自己控制了噬魂灯呢。”

程潜冷冷地说道：“韩渊对我说，当年天衍处的人处心积虑地给了蒋鹏一套所谓鬼修功法，又设计他被引入噬魂灯，成为鬼修……我听了当时就觉得奇怪，三王爷那样眼高于顶的人怎会看上蒋鹏的资质，原来是你。”

即便韩渊是被周涵正下了画魂，那也是他们和周涵正之间的私人恩怨，冤有头债有主，对其背后的天衍，最多是厌恶不齿，不至于不共戴天。所以后来吴长天登门拜访，严争鸣也只是说“打出去”，并没有要动手杀人。如果没有蒋鹏杀韩渊全家这一茬血海深仇，韩渊对天衍根本就不可能有那么大的恨意，也根本不会为了报复天衍而修成魔龙，搅得南疆大乱。

程潜道：“是你误导了韩渊。”

唐轸轻轻一笑：“从童如到顾岩雪，天衍处干的好事还少吗？就算没有我推波助澜，有‘三王爷’那样下作的人自寻死路，他们又能长久到哪里？”

严争鸣蓦地想起当年西行宫白嵇上青龙岛捣乱时，打的是寻找孙子的旗号，当时有人站出来说岛上有鬼道之人，他还以为那是心怀叵测的人们为了逼迫顾岛主而找的借口，现在看来，有可能也是唐轸！

严争鸣突然道：“师祖那时险些毁了你的噬魂灯，所以那段时间，你一直躲在青龙岛附近！”

他这话说得没头没尾，在场三人却都听懂了。

唐轸没有否认，说道：“我精研魂魄之道，当年奉师命，前去侍奉牧岚山上一位寿元将尽的前辈，那时我年少气盛，陪伴他寿终正寝后，一时起意，用新得的秘法偷窥了他残留在肉体中的元神痕迹，意外得知了他的一些记忆，这位前辈原来是天衍处的钉子……他们当时正酝酿着对风头太劲的童如下手。”

“我太好奇了，”唐轸道，“正值我那时功法初成，卡在元神关卡上，需要下山历练，便通报了师门，带着一个师妹前往扶摇山等着看热闹。”

严争鸣接道：“没想到机缘巧合，你没看成热闹，反而自己成了热闹，还给妖王戴了一顶绿帽子。”

唐轸对他的粗俗说法一笑置之：“确实，我也没料到这一出去，竟然就没能回去——这么多年了，我为了这金莲叶，翻查遍世间所有蛛丝马迹，才弄清这金莲叶子须得食‘势’而生，必要吸食一个凝聚了天下之势的人之精魂，它才能最终落花见叶，倘若当年顾岩雪不死，那么这‘势’是落在他这个天下座师身上的，不料由于蒋鹏那蠢货，我当时被童如所伤，被天衍处快了一步，没有得到他。”

“所以蒋鹏一直想着要问鼎北冥。”程潜道，“他可真是尽忠职守地想要给你当花肥啊。”

唐轸转向他道：“他有这个执念，可惜终因资质所限，与‘北冥君’三个字有缘无分。结果机缘巧合，我遇见了魂在聚灵玉中的你，我们的际遇实在太像了，所以我一时多管闲事度了你一回，谁知聚灵玉这种天地灵物与噬魂灯终究不同，你居然挨过天劫炼出了肉身，程潜，我从你身上看到了自己的希望。”

程潜神色冷淡。

唐轸叹道：“指望蒋鹏问鼎北冥是不现实的，你在明明谷中对我说，你愿意为我赴汤蹈火的时候，我便计划好了要将这‘势’引导到你身上，助你接任扶摇掌门，以你的修为和心性，必能让扶摇重回十大门派之首，届时天下大势便会落在你身上。谁知锁仙台后，你竟然不惜自损也不忍见你师兄死……啧，最终还是人算不如天算。”

严争鸣皮笑肉不笑道：“哦，那可真对不住，一不小心占了你沤花肥的茅坑。”

唐轸不以为意：“不必说对不住，雪山秘境中罡风遍布，你们既然进来了，没有冰心火庇佑，也出不去，严掌门，你是想和他一起困死在这里，还是乖乖将精魄献上，让我痛快拿到金莲叶子？我可以保证，会将你的宝贝师弟全须全尾地带出去。”

程潜神色复杂地盯着唐轸，不等严争鸣回答便道：“你费尽心机要取得金莲叶，是为了小师妹吗？唐轸，你承认一句，我就原谅你。”

严争鸣闻听此言，七窍生烟地回头瞪着程潜，心道：什么？背着我对别人承诺要‘赴汤蹈火’就算了，他搞出这么多事，随便糊弄一句就能原谅？岂有此理，这姓唐的给他灌了什么迷魂汤！

唐轸似乎也有些愕然，随即，他低眉顺目地一笑道：“不错，我是为了她。”

程潜盯着他的眼睛，这才看清，那双总仿佛春意融融般温暖的眼睛里，原来只有一片疯狂的空洞。

“既然是为了她，”程潜一字一顿地说道，“那么敢问我那小师妹她姓甚名谁，是何年何月出生，又是何年何月第一次现出妖形，上天飞的？”

唐轸的脸好像面具一样，被戳穿了也不生气，始终带着无懈可击的微笑看着他。

唐轸叹道：“小友，我们就不要假装温情脉脉地兜圈子了，我同你说句真话，只有凡人与蝼蚁这种朝生暮死之物，才会想着要子孙万代，得道飞升后与天地同寿，万物皆如一，亲不亲生，子嗣不子嗣，又算得了什么呢？”

程潜轻声道：“哦，那我明白了，你是想用金莲叶洗去噬魂灯罪孽，好度过天劫，飞升成仙？”

唐轸认认真真地纠正道：“不，度过天劫只能炼成和你一样的半仙之体，我还要那百万魂魄——记得我跟你说过吗？以你现在的半仙之体，若是能一生在冰潭旁清修，便能得到长生，鬼影于我，便如冰潭寒气如你。”

百万怨魂之劫起于童如，应在谁身上，众人曾有过无数猜测。

有说应在安王爷起兵谋反的兵祸中，有说南疆魔龙的战祸中，也有说天衍处自己弄巧成拙……

谁也没想到，是应在唐轸身上的。

严争鸣突然想起李筠说过，像木椿真人那样的人，从噬魂灯中逃出后，心智都会为其所扰，何况唐轸……他根本就是与噬魂灯融为了一体。

噬魂灯早已经磨去了他的人性，曾经让他豁出命的心上人与爱女，如今对他来说，恐怕也只是有些渊源的陌生人而已。

“长生……”程潜脸上突然露出了一个古怪的神色，介于苦笑与嘲讽之间，他突然伸手抓向那朵金莲，“我成全你，将这片金莲叶子摘下来给你长生——”

严争鸣一惊：“小心，别碰……”

唐轸不以为然，刚想说天下之势不在程潜身上，他诱不出金莲叶。谁知就在程潜的手伸过去的一瞬间，那金莲的花瓣居然不明原因地全部凋零，只见那莲花底部竟颤颤巍巍地长出了一根拇指长的小叶子！

在唐轸的震惊中，金莲叶娇弱地卷着，尚未来得及打开，便被程潜毫不留情地掐了下来，捏在手中。

而金莲竟没能吞噬他的魂魄！

“不可能……”唐轸瞳孔骤缩，他忽然之间想起了什么，“不对，你是怎么摆脱画魂的？”

程潜无声地笑了一下，那笑容中有种说不出的意味，像是表面漂着一层陌生的沧桑，下面藏着他强行抑制的意难平。

严争鸣看得一惊，可还不待他反应，脚下就剧烈地动荡了起来——对了，金莲花落叶生，叶子既然已经被采下，大雪山当然会崩塌。

“怪不得，”程潜捏着那小小的叶子，低声道，“如果来的是魔修，那这片叶子只认万魔之宗吧？难怪万魔之宗又叫作‘北冥君’，原来还有这样一层意思。唐轸，你可曾听说过有魔修成功飞升的先例？”

唐轸脸上露出一个倨傲又讥诮的笑容，说道：“小友，事在人为。”

只有他说这句话的时候，还依稀是两百多年前扶摇山下与童如告别时的模样。

程潜静静地看着他，渐渐地，他脸上的愤怒与冰冷都褪去了，一点不明显的自嘲与悲哀浮了上来，他好像是在看着唐轸，又好像透过唐轸在看着什么别的。

眼神萧索，又似乎是怜悯。

程潜平时只要皱一皱眉头，严争鸣都知道他要骂出句什么，此时不知是不是他的错觉，严争鸣总觉得自己从程潜这眼神里看出了一点生无可恋的意思。

程潜漠然地拈起自己手中的金莲叶子，不怎么怜惜地用手指强行将尚未打开的叶子捻开。

唐轸的脸色终于变了，他再维持不住游刃有余的风度，双目中冒出魔修特有的血气，红彤彤的，看起来有些狰狞："等等，你要干什么！"

程潜淡淡地说道："这世上多少无中生有，都是因为你们这些人痴心妄想。"

唐轸嘶声道："不，你不能……"

程潜突然毫无预兆地将手掌一合，竟全然没有半点吝惜，那脆弱的金莲叶子当即碎在他掌中。唐轸难以置信地呆了半晌，蓦地发出一声非人的惨叫，几欲发狂地向他扑过去。他不再费心遮掩一身冲天的魔气，整个人化成了一团黑雾。

严争鸣其实也很想惨叫，那可是大雪山金莲叶，多少人连听都没听说过的人间至宝，这他娘的得值多少钱啊！程潜这败家玩意居然就把它捏碎了！这些不用养家糊口的破师弟们简直太不上心了！

然而一边是秘境在不断地崩塌，一边还有个不知深浅的大魔头，程潜无论是身体还是精神状态似乎都极不稳定，严争鸣尽管很想让他去跪一个月的擀面杖，此时也别无选择，只好一把将程潜拉到身后，自己提剑迎上了唐轸。

大雪山秘境深处传来一声巨响，远处，巨大的冰层开始大片地皲裂。

那唐轸哪里还有翩翩君子的模样，他双目红得几乎要滴出血来，面上黑气缭绕，分明就是魔气缠身已久。

才刚一交手，严争鸣拿剑的手便被他震得发麻，严争鸣不由骇然——韩渊一直没资格问鼎北冥，究竟是因为他没机会胜过上一任的北冥君，还是因为有唐轸？

而这还不是他的真身，只是一道鬼影！

其他几道鬼影不知从什么地方冒出来，身上还带着雪山秘境的冰碴，整齐地排在唐轸身后。严争鸣不敢托大，伸手掐了个手诀，本源木剑强横的剑气无视周遭不断落下的冰层，对着唐轸步步紧逼。

就在这时，霜刃出鞘，整个大雪山秘境中的寒气都仿佛被这凶剑搅开了，程潜趁着严争鸣拖住唐轸，鬼魅似的闪身而过，剑影诡谲，一剑“幽微”仿佛无孔不入，将唐轸身后的几条鬼影一剑横截腰斩。

“小鬼，你们逼人太甚了。”唐轸的脸狰狞了起来，百年的布置被程潜一掌打破，唐轸整个人几乎已经疯了，元神长久地与噬魂灯关在一起的后遗症爆发出来，“你真以为扶摇山上那块心想事成石是摆着好看的吗？”

他一拂袖与严争鸣的剑风撞在一起，被剑气撕裂的魔气好像多了个锋利的边，唐轸纵声大笑：“就凭你们，也杀得了我吗？金莲叶被你毁了，我还可以等下一个，但你们还等得了吗？”

这是什么意思？严争鸣心里飞快转念，还没来得及理清，下一刻，那被唐轸附身的鬼影突然毫无预兆地爆裂开来，威力竟不亚于普通修士自爆元神。

他跑了！

摇摇欲坠的大雪山秘境彻底塌了，天崩地裂一般的海浪冲进了碎裂的秘境，眼前唐轸的鬼影在北冥之水中分崩离析，严争鸣只来得及一把拉住程潜，勉强隔绝出了一道护体真元，便被埋在了北冥之下。

这世间最魔性的海水压力大得无法承受，严争鸣呼吸一滞，一瞬间有种自己被活埋的错觉，除了被他紧紧抓住的程潜，严争鸣仿佛与周遭一切都断了联系，连他外放的元神之剑都感觉不到了。

人在水中却不上浮，海水无与伦比的压力好像一张挣不脱的手掌，将他们往北冥之底推去。

第六章

魔心

李筠只觉得手上的元神之剑一轻，那莹莹发亮的剑气闪了两下，随即暗淡了下去，仿佛是和主人的联系断开了。李筠先是一怔，随后脸色突然惨白起来："大师兄出事了！"

水坑还没从手上整个灰败下去的鸟羽上回过神来，惊道："二师兄，你说什么，别吓唬人！"

方才还舌灿生花的李筠居然一瞬间有些语无伦次："这元神之剑……是他留给我的，我感觉得到，联系突然断了……"

空中响起尖锐的爆破声，打断了李筠的话音，李筠悚然一惊，抬头便见韩渊与蒋鹏同时停了手，各自分开，外面那些人布阵已成，看着格外眼熟——居然是个与太阴山下如出一辙的斩魔阵！

九天黑云翻滚，白虎山庄的弟子们没见过这阵仗，纷纷后退，而后一道巨大的刀影当空落了下来，直指韩渊。韩渊不躲不避，仰头望向云层中的刀光，脸上露出了一个冷笑，随即飞身迎了上去。

“这不对劲！”李筠喉头发干地想道，“卞旭不知道天衍处对韩渊用过斩魔阵吗？他是真老糊涂了吗？怎会在这种事上故技重施？”

蒋鹏骤然没了对手，抬头向着那刀光剑影的空中望去，居然不知为什么没有乘胜追击。

只听一声脆响，黑云凝成的斩魔刀对上了魔龙，刀风四溢，离他们二人最近的山顶一瞬间被削平了，风雷涌动，魔龙身上鳞片爆出细碎的火花，绵延而出，像一串刀风下的烟火。

韩渊身在九霄，笑道：“世上能让元神之剑与主人失去联系的地方不止一处，你那大师兄不定钻进了哪个耗子洞，李筠，你大惊小怪的干什么？”

李筠长眉一跳，敏锐地从他话音中听出了什么。

“祸害遗千年，这世上谁祸害得过他？除了程潜，谁能伤他？”韩渊道，“我看你就不要杞人忧天了。”

李筠仰起头，刀光剑影刺得他睁不开眼，他想问天上翻腾的魔龙，口气这样笃定，究竟只是安慰自己，还是真的从三生秘境中窥见了蛛丝马迹？

那日在十方台外，韩渊在三生秘境中究竟看见了什么？

然而不容他开口，斩魔阵外一圈，玄武堂巨大的旗子迎风而起，猎猎飞扬，阵眼处，以卞旭为首的一行人径直走了过来。本来疯疯癫癫的蒋鹏好像突然变了个人，他沉静地站在那里，削瘦的脸被斩魔阵中的刀光映照得时明时灭，低喃道："唉，这玄武堂堂主——这样的心胸，难怪他一把年纪了，天下之'势'却都不肯落在他头上。"

魔龙肩上架着斩魔阵的长刀，微微眯起眼睛，望向卞旭。

白虎山庄长老不等他说话，便率先跳出来冲锋陷阵，指着卞旭的鼻子骂道："你这是什么意思？堂堂玄武堂，带头出尔反尔，我看你还不如那帮一身破衣烂衫的魔头！"

天上的魔龙闻听这敌友不分的攻击，愤怒地喷了个鼻息。

卞旭冷冷地说道："那是你们白虎山庄与他们扶摇派定的誓约，我并没有同意。贵山庄变脸快如翻书，尚庄主一得知自己寿数将尽，立刻给诸位找了好大一个靠山，还真是对山庄鞠躬尽瘁——怎么不见你们那大靠山严掌门？"

白虎山庄长老跳脚道："你简直走火入魔了！"

卞旭面色平静："我独子身死，自己心境停滞，修为终身不可能更进一步，寿数眼看着不过一二十年，这也是堂堂四圣啊……

如今我什么都没有了，还怕什么？”

韩渊化成人形，双臂抱胸，从空中微微落下一些：“怪我吗？”

白虎长老怒视了魔龙这搅屎棍一眼，继续道：“杀人本该偿命，卞兄，这魔龙千刀万剐不得赎其罪，可是南疆眼下这个乱局还要他收拾，玄武堂自来风光霁月，就算为了苍生福祉……”

“苍生福祉？”卞旭轻轻地笑了起来，“吾儿被残杀的时候，为何不想想玄武堂也是一方之主，为何不提谁的福祉？”

白虎长老一时语塞。

卞旭再不给他机会开口，森然道：“杀了魔龙，我自会料理这些魔修！”

说着，他便谁也不等，横剑闯入斩魔阵中，向韩渊扑了过去，韩渊自然不是吃素的，刚要还手，手背上的血誓印却蓦地一闪，空中黑云警告似的开始翻滚，斩魔阵蠢蠢欲动。他暗骂一声，自空中翻身而下，白虎山庄众人立刻迎了上去，蒋鹏脸上方才一闪而过的清醒再次荡然无存，好像什么人短暂地附在了他身上，这会儿又飞走了。蒋鹏怪叫一声，眼里再次只有“北冥”两个字，千万条鬼影随着他一同拦住韩渊去路。

正道与正道、魔道与魔道，极其混乱地战成了一团，也分不清谁是谁。

就在这时，四下突然传来一声轻微的蜂鸣声，斩魔阵周边似乎有什么东西飞快地闪过，稍不注意便被嘈杂掩盖了。可是别人没听见，水坑却听见了，她虽然完全不知道那是什么，毛却本能地炸了起来。水坑睁大眼睛，正看见韩渊这暴脾气忍无可忍，拼着挨一道天雷反噬，出手一掌将垂垂老矣的卞旭拍了出去。

卞旭被暴怒的大魔一掌拍出了十来丈，当场吐血。可诡异的事情发生了，韩渊手上的血誓印居然没有反噬。

这代表……什么？

难道就这么一会儿工夫，卞旭就走火入魔，不再受血誓保护了吗？韩渊先是一愣，随即惊疑不定地抬起头来望向卞旭：“你做了什么？”

卞旭缓缓地擦干净嘴角，一张脸以肉眼可见的速度干瘪了下去，密集的皱纹爬上眼角眉梢，好像有一把看不见的刀在他脸上乱划，他眼睛里有血光闪过，身上图腾一样地飘起一圈诡异符咒。

“那是什么东西？”白虎山庄长老喃喃地问道。

韩渊没吭声，握紧了手中的重剑。

下一刻，只见那卞旭突然张开双臂上举，大把花白的头发好像掉落的残花，成片落下，他声音嘶哑如杜鹃啼血，仰天咆哮：“皇天——”

这二字一出，李筠汗毛竖起一片：“他要献祭？”

献祭乃是最阴毒的咒术之一，凡人用献祭之术都能杀人于无形，诅咒之力世代相传，何况昔日四圣之一的卞旭。此术一成，他的身体发肤、三魂七魄、后辈儿孙、终身基业都会荡然无存。

白虎长老难以理解地吼道：“就为了他那不成器的龟儿子，他要献祭？至于吗！”

不……

修士的寿命足够长，子女亲缘淡薄，只要想要，子女难道不能再生吗？堂堂玄武堂堂主，会有无数人愿意委身于他。

他是为了当年一世荣光、而今却日薄西山的玄武堂。

曾经他卞旭之命出口，谁不景仰，而今却连亲子被杀都无从讨回他想要的公道。他被活活困在往昔与今朝中，被盛极而衰的败落压死在了里面。

卞旭最痛恨的人，真的是与他有杀子之仇的韩渊吗？还是韩渊只是他的借口？

此时这些都已经无从考证了。

韩渊当机立断，向卞旭冲了过去，企图在他献祭施法完成之前打断他。这时，一道黑影凭空冲了出来，那噬魂灯中的蒋鹏冒出来拦住了韩渊的去路，瞬息间，黑龙重剑已经与鬼影接连对撞了三四次。

韩渊的脸色蓦地一变，突然扭头看向蒋鹏：“你不是蒋鹏，你是谁！”

蒋鹏的脸上露出了一个古怪的微笑。

“我是谁？”“蒋鹏”笑道，“打死你都猜不出——”

卞旭毫不受他们的影响，做出顶礼膜拜之姿：“后土！”

李筠大声道：“都愣着干什么，拦住他！”

游梁的元神之剑蓦地汇成一簇，冲卞旭冲了过去，水坑握着手中彻底灰了下去的麻雀羽毛，顾不上哀悼可能已经遇难的赭石，一咬牙现出彤鹤之身，裹挟着三昧真火，卷向那大群的鬼影替剑光开路。

“蒋鹏”低低地笑了起来，笑得韩渊的汗毛都竖了起来。

韩渊一把拦住水坑，精准地捏住了彤鹤的长颈，将她往自己身后一抛，下一刻，空中便是一声巨响，一个鬼影突然自爆，周围五六个白虎山庄弟子来不及躲闪，眨眼便被炸得尸首分离。

“蒋鹏”含笑抬头，望向韩渊，做了个“砰”的口型。

韩渊化身魔龙，那原本让人闻风丧胆的魔气仓促地形成了一个保护层，将众人裹在其中。

下一刻，空中的鬼影接连自爆，炸雷似的，这竟比半吊子的斩魔阵中的刀光剑影锋利多了，不过片刻，韩渊竟然难以为继他的魔龙形态，像个断线的风筝一样恢复人形，从空中落了下来。

他的蟠龙袍上鲜血淋漓，这回真成了白虎长老口中的“破衣烂衫”。

韩渊面色阴沉地挥开水坑想扶他一把的手，勉强用重剑撑住自己的身体站直。

蜀中十万大山突然一起躁动不安地震动了起来，那卞旭形似疯狂地升到半空，高声道：“吾之血躯——”

他苍老的皮囊好像一条破口袋一样炸开，整个人变成了一具血肉模糊的骷髅，露出猩红的肌肉与森森的白骨，像一具被活活剥皮的血尸，而他仍无知无觉：“元神——”

仅剩血肉的尸体轰然炸开，空中一团仿佛修士紫府的光球在微微涌动，卞旭的元神坐在其中，周身裹挟着浓重的血气。

卞旭无法再用喉舌说话，浩荡如钟鸣的怒吼从那悬空裸露的内府中爆开：“三魂七魄！”

这话音落下，献祭已成，空中噬魂灯的虚影蓦地消失，大群的鬼影突然好像劳燕似的四散而飞，卞旭悬在空中的内府剧烈地收缩成了一点，随后爆了。

顾岩雪死时，东海动荡了一天一宿，而卞旭生前在四圣中如此默默无闻，死后却比任何一个人都动地惊天。

整个蜀地以此处为据点，看不见的冲击以极快的速度向四方涌动而去。

山在崩，鸟兽虫鱼全然没有时间逃窜，山间村落仿佛从人间蒸发一样，成片地没入无边的黑暗里，新鲜的怨魂遍地沸腾，天边，噬魂灯的幻影忽隐忽现，像是迎来了一场盛宴。

人间不见日月，好像只剩下那一盏邪魔丛生的灯，源源不断地吸食着四方幽魂。

韩渊的瞳孔剧烈地收缩。

他无法否认自己的滥杀，朱雀塔外无数修士死在他手里，韩渊明白，哪怕他此时粉身碎骨，也是罪有因得。

可是修士种因得果，为何此间居住的凡人要遭受这样的无妄之灾呢？

那些被吸进噬魂灯的面孔一一从他面前闪过，韩渊的瞳孔几乎缩成了一个细小的点。

童如当年种下的因，终于以这样一种酷烈的方式应了。

原本拦住了韩渊的蒋鹏双臂伸展，露出一个仿佛如愿以偿的笑容，他沐浴在无法言喻的杀戮中，张开双臂，任凭卞旭的禁术从他身上碾压而过。

蒋鹏的身体好像行尸走肉一样分崩离析，露出一个幽灵般的影子，与噬魂灯同在。

水坑一把捂住自己的嘴，因为认出了那幽灵是谁。

唐轸。

下一刻，翻滚的禁术已经向他们碾压了过来，韩渊不顾一切地将水坑往远处一推，随后他重新化为龙身，长啸嘶鸣，身体拉开如百万里绵延的山脊与城墙，在原地转了巨大的一圈，首尾相连，竟企图用血肉之躯硬拦住卞旭留下的禁术。

噬魂灯中唐轸的眼睛与韩渊相遇，唐轸轻轻笑了笑，摇摇头。

而后他伸手做爪，空中一只鬼影组成的利爪落下来，直接插进了魔龙的身体。

北冥之海里涌动的与其说是水，不如说更像是清浊分明的一方天地。

船行水面的时候尚且能浮起来，一旦人身在其中，头顶就好像被压了一只挣脱不开的手掌。

大能修士也不是王八精，十天半月也就忍了，真在水里被压上个三年五载，别说血肉之躯，便是金镶玉打的，也该泡发了。

周遭水声静谧如死，似乎是不流动的，只有其中人自不量力地试图挑战北冥之威的时候，会遭到一次泰山压顶的教训。严争鸣几次三番试图用剑气强行破开头顶的重压，却感觉自己仿佛蚍蜉撼树一样。

一介凡人——哪怕是已经身入剑神域的凡人，在北冥之海面前，依然是个蝼蚁。

程潜方才与唐轸的针锋相对似乎花光了他的全部心神，这会儿，他眼神里带着一点无处着落的茫然，虽然让干什么就干什么，拉他去哪里就去哪里，但严争鸣总有种感觉——好像只要自己一松手，程潜就能长久地化在海水里，哪怕被泡成一具浮尸，他也没什么意见。

严争鸣之前被他吓了个半死，也不知那画魂现在干净了没有，万万不敢再刺激他，更不敢指望他能有什么有用的建议，可是周遭太静谧了，他实在忍不住开口打破沉寂，谨慎地逗了程潜一句："虽然跟你殉情这个事情听起来是显得挺有面子，可我一世英明神武，总不能殉得这么悄无声息啊！"

程潜听了他的玩笑话，终于有了点反应，眼珠微微动了一下，嘴角僵硬地上挑了一下。

严争鸣抓住了他这微小的反应，连忙再接再厉道："哎，你说如果唐轸就是噬魂灯，那全天下的鬼影岂不是全凭他一个人差遣，他想附在谁身上就附在谁身上，眨眼之间就能千里来去？”

严争鸣本是随口感叹，说到这里，却突然意识到了此事的严重。他皱了一下眉，没等程潜回答，便兀自道：“我想起来了，所以他当时在十方阵前，一直撺掇着要将韩渊关在扶摇山上，并不是为了卖我面子，而是担心韩渊真的回头是岸，出手收拾南疆魔行人的乱局，是吗？他方才说自己是奔着百万怨魂去的，有乱局才会有死人，他是唯恐天下不乱。”

随着他的话音，程潜散乱的眼神微微凝聚了一些。

严争鸣接着说道：“你说他没能从这里得到金莲叶子，下一步会不会去找韩渊他们的麻烦？铜钱，你到底是怎么回事，理我一下不行吗？我看着你心慌！”

程潜微微闭了闭眼，低头将额头抵在他的肩膀上，双手紧紧地搂住了他，好像个冻僵的野兽，想从他身上汲取一点微末的体温。程潜生性冷淡，不大愿意与人腻歪，很少会这样。严争鸣先是有些受宠若惊，随即小心翼翼地放柔了声音，问道：“怎么了？你……是因为唐轸心里不舒服吗？还是画魂的后遗症……”

“不是因为他——师兄，你知道听乾坤吗？”程潜将头埋在他肩上，声音听起来闷闷的，“三王爷在十方阵前说过一句‘你们都被听乾坤骗了’，就是他说的那个东西……现在在我身上。”

那个耳朵印记?

严争鸣愣了愣，问道："听乾坤是什么？"

"是一个传承，一个……" 程潜后面的话自动消音，他几次三番张嘴试图用不同的说法透露出一些蛛丝马迹，可是冥冥中有种无法违逆的力量束缚着，让他一个字都说不出来，程潜的手指狠狠地掐进了严争鸣的衣服里，感觉那些话快把他的胸口撑炸了。

等你元神自己修复完，接受了我封存在此的传承就会明白，传承里有禁制，任何人都说不出听乾坤的秘密——包括死人。

程潜恨不能大吼一声，他终于弄清了各大门派受制于天衍处的除魔印是怎么来的，终于知道了什么是所谓的"十方誓约"，终于明白了尚万年为什么一定要让他在元神修复完全时才接受传承，也终于懂了堂堂白虎山庄庄主，他为什么一直避世不见人，将自己活成了一个老疯子……

可是这些秘密随着听乾坤的禁制，全部被困在了他心里，他必须终其一生孤独而惶恐地守着这个秘密。

严争鸣先是不明所以，忽然，他好像感觉到了什么，伸出一只手抵在了程潜的胸口上，继而皱起眉，轻声问道："这是……禁言的禁制？"

那个耳朵形状的印记究竟是什么？为什么能解开画魂？又为什么能让程潜毫无限制地摘下金莲叶子？严争鸣心里一时涌起无数疑惑，可眼见程潜说不出来，他只好将一众问题全都咽回了自己肚子里，轻缓地拍着他的后背，生怕再给他添堵。

程潜深吸一口气，勉强定了定神，故作轻松道："既然不让我说，那就先不提了——唐轸……我估计他不会放弃的，他既然说得出'百万怨魂应在他身上'，就是肯定有了布置，韩渊虽然未必打不过他，却未必斗得过他。"

严争鸣沉声道："不管怎样我们得先从这里出去，这北冥像一片死海，要是再这样沉下去，咱俩没准真沉到十八层地狱里去了。"

"死海……"程潜低低地重复了一遍，忽然想到了什么，他搭住了腰侧的霜刃，闭目沉思了片刻，松开严争鸣，挥手递出了一道剑意。

严争鸣眼睛一亮，这正是扶摇木剑中返璞归真里的一招，"枯木逢春"。

枯木逢春是绝地中的生机，用在此处贴切极了，可严争鸣还没来得及夸一句"这应对很有悟性"，便见一道若隐若现的剑气从霜刃中飘摇而出，轻缓柔滑，可惜持剑人心境不稳，这剑意未能圆融，很快化入海水中，旋即便奄奄一息地不见了踪影。

程潜“啧”了一声，微一皱眉，待要重来，却被严争鸣按住了手腕。

严争鸣道：“枯木逢春一招，说的是天道为万物留了一线生机，有了这一，便能生二，二随即生三，后有三生万物。”

纵然程潜说不出，但剑意中的郁结与凝滞是骗不了人的，尤其骗不了剑修。

严争鸣一时有些严厉地看着他：“可为什么你的剑里只有绝地肃杀之意，你方才在想什么？”

程潜愣愣地说不出话来。

严争鸣神色凝重，突然，他一把握住了程潜拿着霜刃的手，低声道：“看着。”

陌生的剑气透过两人双手交叠处涌入了霜刃中，严争鸣截然不同的真元一刹那将那凶剑上终年不化的薄霜消磨殆尽，露出原本锃亮的剑身来。接着，绵长的剑气从霜刃中翻滚而出，转着圈地搅动起两人面前的海水，霜刃“嗡”一声巨震，原本凝滞不动的北冥之水中瞬间绽开了一朵巨大的水花，先是一线，而后原地炸开，向四面八方辐射而去。

周遭的海水不断地被搅动起来，一传十十传百地跟着沸腾起来，这无中生有的一团枯木之花仿佛自缝隙中而生，生命力极强，转眼便弥漫到了一方海域。

下一刻，整个北冥海下失去的浮力重新凝聚，两人很快停止了下沉。

严争鸣却没有松开程潜握剑的手，直直地看着他的眼睛道：“这才是枯木逢春，还要我再替师父教你一遍吗？再给我半死不活地钻牛角尖，你就等着被收拾吧！”

程潜没来得及承认错误，叫道：“当心！”

只听一声巨响，被搅动的海水惊天动地地奔涌而来，仿佛要将两个人活活压死在其中，危机之下，程潜眉宇间的虚弱无力终于散了，他以最快的速度将护体真元外放开，即便这样，两人仍然被撞了个七荤八素。

他俩以一种十分不正常的速度上浮，越来越快，周遭的海水已经混乱成一团，一时间谁都没敢睁眼。

也不知在水中“飞”了多久，突然，两人周身蓦地轻了起来，一声尖鸣过后，程潜和严争鸣随着一道剑气笔直地刺破北冥海面，脱水而出。

严争鸣吃够了北冥之海的苦，一逃脱出来，当即劈手取出木剑，丝毫不敢在这片邪门的海域上逗留，拉着程潜，一道闪电似的飞了出去："走！先离开这儿！"

海面上因为大雪山秘境而被垫高的深渊与海水墙已经被炸平了，两人再不敢像来时一样悠闲地坐船，御剑一口气飞离了上千里。程潜才终于找到机会开口道："还是等了结了这事，你再收拾我吧——你说唐轸会立刻去找韩渊吗？"

严争鸣："刚进大雪山秘境的时候，我就感觉临走时给李筠留下的元神剑被触动了，你也知道李筠那个人，不死到临头，他绝不会碰这些保命的东西……离开这片海，我大概能感觉到那把元神剑的方向，要不然跟我去找找？"

经过这样一番刺激，程潜好像他当年刚离开冰潭一样，终于缓缓地找回了他失去的活气。

"那得找到猴年马月去？"程潜说道，"你又不能像唐轸一样，只要有鬼影，他的元神能随时从天涯流窜到海角，等我们御剑赶过去，恐怕黄花菜都凉了，再说杀一堆鬼影，他还能再造出新的来，没用。"

严争鸣转向他："你的意思是我们釜底抽薪，直接去找他的本体噬魂灯？那你有头绪吗？"

程潜："在想，别催。"

"等等，小心！"严争鸣突然毫无预兆地让木剑在空中打了个急转，一抬手捞过程潜的肩，两人同时停了下来。程潜顺着他的目光望去，只见距离他们不远处飘着一个灰扑扑的鬼影，鬼影手中捧着一团乳白色的光晕，正悬在空中等着他们。

严争鸣皱眉：“那是唐轸的鬼影吗？等在这儿，难道是想替他主人观察观察我俩死了没死？”

程潜没吭声，循着那光晕御剑上前。

严争鸣忙追上去：“慢点慢点，这些鬼影自爆不比普通修士自爆元神便宜多少……咦，怎么是他？”

程潜神色凝重：“六郎？”

这鬼影居然是那一直跟在唐轸身边的少年六郎！

当年六郎被蒋鹏附身将死，程潜用自己的真元将他三魂七魄钉在了肉身里，并托付年大大将六郎带去给精通魂魄之道的唐轸救命。唐轸给了他一条苟延残喘的命，六郎感念其救命之恩，一直鞍前马后地跟在唐轸身边，兢兢业业地伺候他，做他的道童，哪怕他其实有机会像年大大一样留在扶摇山——

严争鸣失声道：“这小孩不就是……唐轸也太丧心病狂了吧！”

程潜伸手扯下自己身上一块碎布料，以霜刃为刀，三两下勾勒了一块精准的清心符，抬手拍在了鬼影六郎的胸口。

这清心符与百年前程潜那张误打误撞的半成品不可同日而语，一没入六郎的身体，六郎的眼神顿时就清明了起来，连脸上的灰气都褪了不少，他好似从一场噩梦中醒来，定定地注视了程潜片刻：“程前辈。”

程潜飞快地说道：“唐轸连你都不放过吗？你知道噬魂灯在什么地方吗？你的魂魄应该还没有被完全炼化，要是快点带我们去，说不定还能自由，来得及……”

六郎微微地笑起来：“前辈，来不及了。”

他双手捧起手中的光，那团白光倦鸟归巢似的飞向程潜，还没到近前，程潜就感觉出来了，这是他当年打进六郎身上的真元。

六郎道：“全仗前辈钉在我魂魄上的钉子，我才能逃出来，就是它将我引到此地，我怕等不到你，好在老天垂怜，总算让我撑到现在，将它物归原主。”

那真元径直没入程潜的手心，同时，六郎魂魄也变暗变浅，看起来好像即将魂飞魄散。

“那灯的本体就藏在扶摇山上一块冰心火中，当年程前辈取来的冰心火被他一分为二，一段带入雪山，一段留在扶摇，冰心火能隔绝所有神识，哪怕整座扶摇山都在严掌门的眼皮底下，你也未必感觉得到它的存在。”

六郎这句话说完，整个人已经淡成了一把虚影，程潜本能地伸手一抓，却只抓到了一把含着海风的空气，那少年无声无息地消散，在天地间扶摇而去，再没了踪影。

两人相视一眼，御剑如流星般往扶摇山飞去。

“我还替他把山封上了。”严争鸣道，“可真是伺候到家了。”

两人行至极北冰原，再次经过玄武堂，惊动了它正上空飘扬的铃铛，然而这一次，却没有人出来察看了。盘踞极北的玄武堂好像一个巨大的阴影，死物般地坐在万里白雪之上，沉寂得仿佛没有人烟，一柄破败的玄武旗在空中孤零零地飘着，冻得发挺。

严争鸣：“怎么回事？”

程潜一眼扫过去，说道：“卞旭死了。”

程潜话音未落，突然抽出霜刃，一道“望海潮”从空中直落玄武堂，一股冲天的黑气悍然而起，被霜刃拦腰斩断，在空中扭曲挣动，仿佛发出了一声惨叫，随即心不甘情不愿地烟消云散。

严争鸣目瞪口呆：“这是已经成了实体的心魔？”

程潜：“我估计他不是被韩渊杀了，就是自己走火入魔干了什么蠢事……哪种情况都很麻烦，快走！”

两人在冰天雪地中几乎化成了两道流星。

与此同时，已经借着鬼影将元神转到了蜀中的唐轸深深地吸了口气，那不可一世的魔龙好似刀枪不入的鳞片在他掌下脆弱极了，不堪一击。唐轸眼前血色弥漫，一时连视线都模糊不清。见了血的这一刻，他心里步步为营的百般算计全都灰飞烟灭，唐轸有种自己握住了无上权柄的错觉，他感觉到了那股无与伦比的力量。

这就是魔，天上地下无处不可来去，没有任何规则可以约束他，众生都仿佛是匍匐在他脚下的蝼蚁。

他是鬼道之集大成者，所有鬼影全都是他的分神，他一人便是千军万马——

金莲叶子毁了，不能再等下一次吗？如今世间还有谁是他的对手？

唐轸心里无限膨胀，终于堕入魔道的本能中，见了血，别说是唐轸，就是韩渊、童如……也全都是一样无法自制。

魔龙韩渊一身的血雾，承受两方重击，却不肯退后，唐轸居高临下地看着他道："你不觉得自己这样很可笑吗？百万怨魂的果如今应在了我身上，天命所归，你就算挡在这里，也只是徒劳求一死而已，何必呢？"

韩渊即使到了这种地步，依然有一张看见别人得意就不高兴的贱嘴，狞笑道："我常听见人家名门正派的人把'替天行道'

挂在嘴边，已经很替他们羞耻了，万万没想到我大天魔道中也有你这样张嘴闭嘴天意的奇葩，你的屁股究竟跟谁坐在一条板凳上的？”

唐轸的巨爪一半已经没入了他的身体，韩渊急喘了几口气，堪堪保持住了魔龙之身，嘴上还在不依不饶：“你……呃……是新来的吗？那我可得告诉你一声，干我们这些邪魔外道的，整、整天把这种天天地地挂在嘴边，可是要让人笑话的！”

唐轸无奈地笑了一下：“你可真是不见棺材不落泪。”

韩渊怒喝一声，整个龙身撑到了极致，血肉如同要沸腾起来。

他发出一声痛苦的咆哮，咬牙死撑。韩渊想，他这一生，看似跌宕起伏，实际全在随波逐流，半点不由得自己。该向前的时候，他在退却，该忍住的时候，他却又忍不住冒进。漫漫百年，他要么在歧途上痛苦地前进，要么在歧途上痛苦地后悔。

也许有的人就是要死到临头，才知道“进退得宜”四个字，需要多么大的悟性与坚持。

“天道……”韩渊喘息着，低低地说道，“我扶摇派自古走的是人道，这狗屁老天与我们有什么关系？”

水坑忽然变成了彤鹤，奋不顾身地向唐轸扑了过去，她张开嘴不知该如何称呼唐轸，叫“王八蛋”，好像把自己也骂进去了，叫一声“爹”，又觉得此人不配。于是她干脆喷出一口三昧真火，径直烧向抓进韩渊身体里的鬼影。

李筠汗毛倒竖：“韩潭，你给我滚回来！”

韩渊愤怒地吼她：“走开，我们魔头之间的恩怨，有你这只红毛八哥什么事！”

水坑带着哭腔道：“你才八哥，你满门都是八哥！”

唐轸面无表情地看向水坑，鬼影重新凝聚成一只死气沉沉的手，一把抓向水坑的翅膀。

水坑灵巧地在空中滑翔躲开，身披烈火，她像一只穿行的凤凰，跳动的火苗燎着了无数盘旋的鬼影，水坑对唐轸叫道：“我才不是什么浴血而生的劫难，总有一天，我要成为世上最厉害的妖王！我是彤鹤所生，我没有父亲！”

唐轸的眼角倏地跳了一下，那鬼影凝成的大爪子蓦地分散，又神不知鬼不觉地在水坑身后重新凝结。

李筠：“小心！”

巨手一把攥住了彤鹤纤细的脖子，火红的羽毛扑簌簌地落下，唐轸看在眼里，冷漠的脸上一瞬间闪过犹豫，然而旋即，又被冰冷的杀意掩盖。

就在这时，一只不知什么品种的杂毛鸟悍不畏死地冲了过来，张嘴吐出口中衔着的一块木牌，扣在水坑身上，木牌瞬间爆出一道刺眼的白光，将唐轸弹了出去——正是那张傀儡符。

两百年前，唐轸亲手所画，妖后至死没舍得用掉，如今，却转向了它的原主。

杂毛鸟扑腾着飞过，叽叽咕咕地叫道：“王、王后的蛋，快、快跑……唧！”

它被一道化成锥子的鬼影当胸钉在了地上，可怜巴巴地挣动了几下，死了。

这些愚蠢的妖修，真身的脑子只有蚕豆那么大，想必一辈子只装得下一件事。不像人，爱恨情仇将胸口灌得满满当当，千变万化都不够用，一颗心老也闲不下来，等闲就要变上一变，转眼就能面目全非。

韩渊的魔龙身躯被卞旭不断膨胀的献祭术撑到了极限，开始爆出内里藕断丝连的血肉来，与此同时，仿佛是为了分担痛苦，他那一分为二的魂魄自己同自己对骂了起来。

心魔嘲讽道：“你就不用说别人了，你上个月的月底还闹着要杀遍天下人，现在怎样，这月的月亮都没来得及圆，一听说自己居然没被逐出门派，又成了个心忧天下的圣人。啧……你这脸变得比女人癸水还勤快啊，魔龙的格调都被你那阴晴不定的癸水冲走了。”

韩渊回道：“要是哪个月的癸水能把你一起冲走，我就找个地方出家当和尚去，一辈子吃斋念佛……他娘的你替我顶一会儿，撑不住了！”

心魔哼哼一声，竟然真就依言接过了他的身体。

忽然之间，韩渊两个魂魄之间的界限开始变得不那么分明起来。

唐轸漠然地将鸟尸扔在一边，连同他多年前沉寂在大雪山中、犹自抱着鲜红羽毛的尸体一起，好像甩脱了一把经年的垃圾。

他缩回被自己的傀儡符反噬烧化了的手，看着水坑的眼神充满了杀机：“麻烦。”

随即，唐轸断然舍弃了这条被自己的傀儡符所伤的鬼影，他的元神同时注入到周遭无数鬼影中，所有形容可怖的鬼影一同睁开了眼睛，男女老幼，都有着同一副森然偏执的眼神，呈现在众人面前，像一场光怪陆离的噩梦。

李筠已经先一步意识到了危机，他立刻御剑冲向依然无知无觉的水坑，一把揪住彤鹤细长的鸟腿，像抡麻袋一样将她从空中拽到了一边，同时将怀中储物袋打开，飞快地掏出一把什么东西，接连抛出，来了个天女散花。

这一系列的动作还没完成，原本距离水坑最近的一条鬼影便炸开了，堪堪与她擦肩而过——若不是李筠反应快，水坑虽然不至于被炸死,但手上只能挡一次致命伤害的傀儡符一准就失效了。

唐轸翻脸不认人,以这样一种决绝的方式否认了曾经的自己。

自爆的鬼影同时也将李筠抛出的东西一起炸上了天，一时间无数乱七八糟、五颜六色的药水与符咒漫天飞舞，大片纸做的蚱蜢跟下雨一样，蝗灾过境似的在空中卷出一阵旋风，大大小小的虫子大军悍不畏死地在鬼影中插队，虽然几乎没什么攻击力，也足够扰乱视听了。

这间隙，一瓶化石水一滴不差地喷在了韩渊身上，短暂地将那魔龙快被撕裂的身躯化成了城墙一般坚硬无裂痕的石头。

韩渊顿时从头凉到了脚，感觉自己一动也不能动了，他七窍生烟地咆哮道：“李筠，你到底是哪边的？不帮忙就算了，能不能不捣乱！”

李筠拽着水坑逃命，回道：“我助你撑一会儿，叫什么叫？”

韩渊要发疯：“石头也会裂啊！你个混蛋到底是怎么想的！”

说到这个，李筠还有点小得意：“哈哈，这你就放心，这化石水取的是天山岩，绝对比你自己结实。”

他还吆喝上了！

韩渊想把这第一不靠谱的二师兄一屁股坐死："我他娘的变不回去怎么办，以后给十万蜀山填一座'长虫山'吗！"

李筠满面愁容地叹道："我的苍天啊小师弟，你快凑合吧，你都要被大卸八块了，能活就不错了，还敢计较自己是什么材质的……哎呀糟糕！"

只见唐轸愤而一卷袖子，一股森然的鬼气弥漫开，天空中蹦跶着的蚱蜢全都蹬了腿，噼里啪啦地落了满地。

这时，水坑忽然大力挣脱了他的手，以不可思议的速度展翅冲向一侧山巅，她整个身形暴涨，周身骨骼发出可怕的响动，身体一瞬间被剧烈地抽长，尾翼横扫了十来丈，眨眼便奔着成年彤鹤的身形去了。

上古神鸟降临似的落在被削平的山岩上，能遮天蔽日的双翼上，无边的火焰随风卷起，在晦暗的天色中竟成剪影，好像一个难以言喻的传说。李筠呆了片刻，突然想起了那颗三千多年的妖丹，一时间从手心凉到了心里，嘶声喝道："韩潭，你干了什么！"

水坑无暇理会，妖王的内丹像是要将她整个人都膨胀成一个球，她的骨骼与肌肉都被无限地拉长，尚未成年的半妖之体中，每一寸都在经受着扒皮抽筋之苦，她恨不能躺在地上将自己滚成一团泥。

天上风雷涌动，隐含威势，打算将这自不量力强提修为的小鸟劈死在当下。

大师兄将妖王的妖丹给了她，明显是将她当成了人看，一个人若已经有了百岁阅历，理所当然应该知道轻重，没想到她剥了人皮，本质还是一只横冲直撞的鸟。

惊雷落下的一瞬间，水坑已经开始后悔自己的一时冲动，她心里想：冲动了，我可能就要死了。

她以为自己会痛苦恐惧，但其实没有，烈火与雷鸣中，水坑好像看见了那杂毛小鸟的尸体，她想："我其实早就该死，如果不是一出生的时候就有亲娘护送，如果不是破壳的时候恰好有师祖一魂镇压，如果不是这么多年一直被师父和师兄们护着，我要么已经变成了一个像唐轸一样丧心病狂的大坏人，要么早就不在人世了。"

她感觉自己能平安活到如今，真的只是运气好而已，够本了。

于是她义无反顾，纵身跳进了被韩渊阻拦的献祭法中。

献祭之术暴虐的力量翻涌，连同雷和烈火一起加之于她身上，彤鹤身在其中，像是洪荒时代遗留的一幅画，千万条鬼影不明原因地同时一滞，仿佛被此情此景唤起了遥远的前尘记忆。

突然，水坑脖子上那枚苟延残喘的傀儡符爆发出一阵强光，悍然扛住了这一击，那符咒中无数条精致的沟回中光华灼眼，像是谁曾经寄托在其中最幽深迂回的感情。

唐轸觉得自己死寂多年的心上仿佛有什么东西“嘎嘣”一下断了，那张与他相连的傀儡符寿终正寝了。他早已绝情断义，然而昔日留下的一张小小符咒却犹在尽忠职守，替主人不认的亲人挡住了本来必死的一劫。

水坑只觉得自己仿佛冲过了一道痛苦的窄道，体会了一回重新破壳的过程。

一口湿润的空气骤然涌入她的肺腑中，四肢百骸刹那被拉伸到了极致，史上唯一一个寿终正寝的妖王的三千年的内丹在她内府中端正地旋转起来，彤鹤仰天发出一声长唳，行将去日绝云似的展开初初长成的两翼。呼啸间，所有不祥的鬼影全都不由得为这凤凰后裔让出道路，三昧真火翻涌而出，要烧尽人间一切不洁之物，在被韩渊圈住的阵法中落下了一颗巨大的火种，不断地蚕食消耗着卞旭献祭之术的巨大破坏力。

唐轸短暂的迷茫渐次从那些鬼影脸上消失，黑气重新开始在他双目中涌动，鬼影们一同开口森然道：“我与扶摇派渊源颇深，算是有交情，本不欲取尔等小辈性命，但既然你们执意找死……”

唐轸——附在千千万万个鬼影中的唐轸蓦地同时一振臂，无数条黑气从万里山河中翻涌而出，叫人见了有种错觉，好像天下本身就蕴藏着无限污垢，稍有风吹草动，便能兴风作浪。

这魔气浸染处，韩渊不由得深吸了一口气，周身原本已经平静下来的魔气一瞬间翻涌到了魔龙半石化的脸上，龙眼中充斥了说不出的恐怖血色。

韩渊勉强压住本能，艰难地找回冷静，喝道："都走开！快点！"

这声势浩大的魔气让人如此心生畏惧，以至于李筠一时间突然真的有点信了唐轸的话。

难不成那百万怨魂的因果真的应在了他身上？难道冥冥中，真有什么在不分青红皂白地成全这大魔头？

那么天理何在？

唐轸朗声笑道："你们真以为贵派那英明神武的师祖被四圣绞杀，只是因为他不小心走火入魔？天下魔修恁多，怎不见他们挨个追捕？我告诉你们童如为何罪不可恕，因为有扶摇山自古镇在心魔谷上，人间清气与魔气才能相抵，而那块'心想事成石'就是人间万千心魔所化，一直被镇在不悔台上，被他一朝监守自盗地放出来，这些年多少战乱灾荒，人间多少大能走火入魔，全是这百年间解封的心魔谷潜移默化——魔龙，要说起来，区区百年，你修为就能精进到这种地步，也算是借了祖荫呢。”

李筠怒道：“你放屁——”

这时，他手中那把已经沉寂许久的元神剑突然染上一道薄薄的剑光，李筠感觉到剑身异动，低头一看，险些当场热泪盈眶，顿时感觉又有了主心骨。他毫不犹豫地将那把元神剑放了出去，对正在与众多鬼影纠缠的游梁道：“那个剑修，接着！”

游梁闻言，一把将那元神剑接在手里，严争鸣留下的元神剑是何等威力，游梁碰到那把剑的一瞬间，几乎就觉得自己窥见了一个大境界，他叫了声好，果断出剑，将挡在他面前的大片鬼影横扫一空。

唐轸慌忙退避，被鸟枪换炮的游梁提剑追出了一路，直到那剑被魔气彻底侵染，不支暗淡下去，躲闪不及的鬼影居然被清理掉了大半。唐轸眼神几变，阴鸷地盯着不远处的年轻剑修，嘴里却在说严争鸣他们的事：“居然能逃出北冥之海……不过那又怎样？”

游梁瞳孔一缩。

唐轸双手平举，又有众多鬼影自他掌中而出，唐轸轻蔑地看着那把已经失去能量的剑：“严掌门，你赶得上吗？杀得光吗？”

按理，严争鸣他们两人确实是赶不上的——只有赶路的时候，九州大地才显得这样旷远辽阔。

严争鸣眉头紧锁："糟了，李筠方才把我给他的那把元神剑用了。"

程潜道："有个方法，我不知能不能成，反正御剑回去是怎么都赶不上了，不如死马当成活马医吧。"

严争鸣："什么？"

程潜一抬手从他脖子上将掌门印揪了下来，飞快地说道："心魔谷，记得吗？扶摇山存在的意义之一就是为了镇压心魔谷，掌门印中必有能通入心魔谷的通道，我们从那儿走。"

严争鸣不明所以道："走心魔谷？什么意思，心魔谷不是在后山吗？什么叫作'扶摇山是为了镇压心魔谷'？"

"心魔谷只是被封在后山，"程潜道，"它无处不在，哪儿有人，哪儿就有欲念，就有通往心魔谷的通道，这一带虽然人迹罕至，但玄武堂魔气未散，你打开掌门印试试，或许能直达心魔谷，成与不成听天由命。"

严争鸣知道他为禁制所限说不出原委，当即也没打听程潜是从哪里知道这些事的，无条件地相信了他，用神识开启了掌门印。瞬间，他们两人只觉眼前一黑，熟悉的黑暗翻涌而来，裹挟着冰原中残存的心魔气，两人消失在了原地。

程潜的意识短暂地失去了片刻，很快回过神来，在黑暗中被人扶住，身侧亮起一道微光，不用看就知道是大师兄批发的夜明珠。

严争鸣喃喃道："居然真的……"

心魔谷仿佛和上次两人到来的时候又有不同，内里缭绕的魔气浓郁得呛人，人走在其中，好似要被勾起所有的负面情绪。严争鸣心口一滞，剑修终身伴着逼人的戾气，总是更容易受这些影响。

他勉强定了定神："这是怎么回事？"

程潜沉了沉心境，边走边解释道："童如上不悔台，请出了心想事成石——这你知道。童如当时虽然走火入魔，但并没有丧心病狂，请走那块石头后，肯定将心魔谷重新封印了，可惜少了那块至关重要的石头，封印肯定没有一开始那么结实，正好上次我们破斩魔阵的时候机缘巧合将它撕开了一条口子。"

严争鸣心里虽然被心魔谷搅得浮躁不已，却没有傻，闻言立刻反应了过来："我当时还以为我们离开那里就没事了！所以唐轸那时就知道了，非但没提醒我，在扶摇山寄宿的时候就在暗中抽取心魔谷的魔气吗？对……还是我请他来的，我怎么那么会引狼入室呢？"

严争鸣语速越来越快，说到焦躁处，险些难以抑制心里的火气，他一把拽住程潜的手臂，手指几乎要掐入程潜的皮肉里，满腔懊恼的暴躁无处发泄，眉间几乎又见了隐约的心魔印记，暴躁道：“该死，你不准离开我的视线！”

程潜以心入道，哪怕心境被听乾坤的传承动荡了一番，也比他稳定些，此时没顾上跟狂犬状态的大师兄一般见识，一边默念起《清静经》，一边说道：“要不是他会审韩渊的时候故意露出一点马脚，尚万年又提醒我中了画魂，谁会提防老朋友？你冷静点，我们要从这里直接到扶摇后山，还得借助掌门印。”

严争鸣深吸一口气，将手中掌门印推了出去，掌门印中群星万点乍现，像是将整条灿烂银河都铺陈在了心魔谷中，一时将周遭一切躁动都给沉淀了下来。

严争鸣嗡嗡发热的脑子冷静了些，这才发现程潜的袖子已经被他抓烂了，幸好修士有护体真元，程潜本人比衣服要结实得多。他微微有些尴尬地干咳了一声：“我……那个……”

程潜不在意道：“你们剑修天生有病，点火就炸，我知道，你不用解释了——快找出口要紧。”

严争鸣讪笑一声，轻车熟路地将自己的神识压入掌门印中，飞快地搜索起其中和心魔谷有关的一切。可是掌门印中信息太庞杂了，历代掌门的神识都在其中与他发出不安的共鸣，严争鸣一时摸不着头脑。

此时，蜀中山里，唐轸指挥着众多鬼影呼啸而下，卞旭留下的禁术跟着陡然高涨，将水坑的三昧真火逼到了一边。这节骨眼上，韩渊的身体突然闪了闪，他毕竟是魔龙之身，离北冥君只差一步，哪怕李筠是个九连环也入了元神之境，做出的化石水能将他定住一时三刻也算相当不容易了。

药水的作用在渐渐退却。

若是此时解开石化，韩渊必会被那禁术撑炸。他终于不再纠结材质问题："坚持不住了，李筠，再来一瓶！"

李筠绝望地吼道："没有啦！"

吼完，李筠欲哭无泪地闭上眼睛，心道："亲娘啊，大师兄你死哪儿去了，还赶得来吗？"

随着韩渊身上的石化开始退却，那越发压抑不住的禁术变本加厉地撕扯起他的身体，韩渊每一道鳞片间都冒出了血丝。

而严争鸣的神识正在掌门印中焦头烂额，手上代表血誓的八卦盘突然闪了起来——血誓是扶摇同尚万年签的，主体却是韩渊，韩渊自然没本事破除血誓，此时血誓将破，只能代表韩渊快去见列祖列宗了。

严争鸣冷汗都下来了，可掌门印只有历代掌门神识能进来，他想叫程潜帮忙都不行。

就在这时，掌门印中被他附身过多次的童如突然出现在他面前。与以前不同，这一次严争鸣有种错觉，童如好像不是一段幻影或者记忆，而是能和他交流的。

童如残留在此间的神识对他招招手，严争鸣不由自主地跟了上去。童如带着严争鸣穿过无数道门，路过无数浩渺如烟尘的神识，最后，他一言不发地将严争鸣带到了一道大门前，门上有一个清晰无比的红印，正与吴长天带来要挟扶摇派的除魔印如出一辙。

那门虚掩着，中间裂开了一条缝隙，心魔谷中源源不断的魔气正是从此处逃脱而出，童如停下脚步，对严争鸣点点头，不等他道谢，便消失在了原地。

严争鸣试探着伸出手，顺着那裂缝轻轻一推。

这道门轰一声开了。

他立刻将神识从掌门印中拉了出来，只见空中风云涌动，掌门印中露出的无数星子正被吸入一个巨大的漩涡，不过片刻，那些星子便被涤荡一空，一道黑洞洞的门出现在他与程潜面前。

严争鸣大喜："就是这里，走！"

两人纵身闯入那大门中，同时，严争鸣以掌门身份扯下扶摇山的封山令，整座扶摇山重现人间。

韩渊已经彻底从石头状态中变回了血肉之躯，他感觉自己身上仿佛被无数根针钉在地上，无处不疼，疼得都麻木了，便不由得想道："我好歹也是个元神修士，若是死了，元神也会魂归故里吗？"

扶摇山上正弥漫着一层说不出的魔气，严争鸣手上的血誓八卦盘闪得越发频繁，两人径直飞过无数密林石阶，人未至，一剑已经从空中劈下，唐轸住过的客房连同院子整个分崩离析，那院中好像雨后积水一样，沉淀着厚厚一层凝滞不动的黑云，院落中厚重的青石板砖被严争鸣一剑削开，下面露出了一块大石——正是取自昭阳城中的冰心火。

冰心火里放了一具尸体，正是六郎，只见他胸口时亮时灭，像装着一朵小小的火苗，唐轸竟将噬魂灯的真身藏在了六郎的尸体中！

蜀中，禁术被魔气刺激，凶猛地冲破了水坑的火圈，火红的羽毛飘散得四处都是，好像下了一场木棉花雨，四下里都是鬼影，魔龙的利爪抠入了地心，韩渊发现自己再没法和自己吵嘴了，他那一个躯体中分开的两个意识不知什么时候，已经合而为一。

扶摇山巅，霜刃中裹挟着风霜的剑气直入冰心火中，“幽微”剑意自缝隙里灌入那大石内心，生生将它从一角破开了一个口，“六郎的尸体”见保护层被撬开，惊恐地抽动了一下，转身化成一道黑风，便要逃出去。

“小潜让开！”

严争鸣已经入鞘的剑摧枯拉朽一般亮出藏锋之刃。

一剑霜寒十四州，整个扶摇山都在为其震颤——

第七章

尾声

唐轸在半空一顿，成千上万条鬼影跟着他僵住，他们脸上先是一片空白，随即又齐齐浮现出了一丝微妙的疑惑。

一时间，唐轸心里众多念头好像大火扑灭后明灭在风中的火星，杂乱无章地此起彼伏着。他无论如何也想不通，谁动了他的本体？严争鸣他们吗？可是他们到底是怎样从北冥之海里逃脱出来的，又究竟是出于什么原因，他们没有直接循着这些人的踪迹追到蜀中，反而回到了扶摇山？

他们既然不能像自己一样，随意在无限空间中自由来去，又是怎么在这样短的时间内赶回去的？谁将自己藏在冰心火的本体出卖给了他们？

电光石火间，唐轸满心大惑不解，甚至来不及气急败坏。

这怎么可能呢？

他不明白，他分明谁都不信任，更从未与这世间任何一个活物交过心，他孤身一人，握着无限鬼影的权柄……难道即便这样，也做不到万无一失吗？

漫天的鬼影好像一群无知无觉的吊死鬼，纷纷愣怔在空中，他们身上缭绕的鬼气与魔气逐渐开始褪去，一个接一个地被不知名的清风洗干净，在空中褪色成普通的魂魄，融化了。

像一滴滴晨露，经历一宿风尘，悄无声息地回归天地间，自由而洁净地漂往下一个归宿。

竟充满了某种宁静而隽永的意味。

游梁举着严争鸣已经没了精气神的元神之剑，近距离地看见了这一切，被此情此景震撼得无以复加。

唐轸的元神不断从消散的鬼影中退出来，最后终于被迫合而为一，他强大的元神在失去本体后依然能苟延残喘。

唐轸没有逃——可能是太过震惊忘了，也可能是从未想到过，一时懵了。

“没有道理……”唐轸喃喃道，“百万怨魂的结果分明是应在我身上的，这不可能……注定的事，怎么可能会变呢？没有道理……”

李筠最先反应过来，喝道：“你们还都愣着干什么？！”

水坑和游梁立刻反应过来——对了，此人可是鬼修一道的集大成者，天下再没有第二个比他更精通魂魄功法的人了，一旦放虎归山，没准让他缓个一两年，又能用什么闻所未闻的手段卷土重来。

游梁手中剑一声尖鸣，封住唐轸去路，李筠一把抽出腰间佩剑，连同水坑，三人同时冲了上去。

唐轸本体刚碎，又被不断飞离而去的鬼影反噬，元神正是最脆弱的时候，一时间来不及躲闪，先后被两道剑气贯穿。他僵硬地打了个挺，迎上了扑面而来的三昧之火。

烈火中，唐轸依然迷茫的目光缓缓落到了水坑身上。

他死到临头的记忆像去而复返的潮水，冲过漫长的处心积虑，冲过更加漫长的、与噬魂灯你死我活的炼狱生涯，冲过上一次的生死与离别……

最后，落在了一根羽毛上。

那羽毛在他心里轻轻拨动了一下，唐轸嘴唇微动，但什么都没能说出来。

有的人一生非黑即白，所有途经过的亮色于他都如昙花一现，飘然一瞬，开过就没有了。

唐轸的瞳孔中最后放了一个水坑，看着她，破败的元神就这样烟消云散了。

天道无常，机关怎能由得人算尽？

不知他在最后一刻想没想明白这个道理。

李筠做梦一样，简直不敢相信自己手中剑竟也有一天会见血，还斩杀了一个前无古人后无来者的大魔头，他保持着无比惊奇的表情，认为自己从此可以卸甲归田，回家将这把中看不中用的佩剑供起来了。

他正在找不着北，韩渊突然怒吼道："要死了，这边还没完呢，都发什么愣，还不帮我一把！"

李筠被他一嗓子吼回了神，这才想起还有卞旭留下的烂摊子。

他屁滚尿流地御剑落地，见卞旭那献祭之术居然并没有被削弱多少，而方才被唐轸召唤而来的魔气也没有一点打算消散的意思。

水坑立刻掉头，用火圈将献祭禁术重新围起来，让强弩之末的韩渊稍微缓了口气。

李筠不要钱一样地摸出一把丹药丢进了韩渊嘴里，不偏不倚地堵住他后面的话音，韩渊被他噎了个半死，有心想破口大骂，愣是没有腾出嘴来。短暂的休整与伤药让韩渊裂开的伤口开始缓缓愈合，可惜这些丹药治标不治本，有时水坑一个没守住，冲出来的献祭之术又会给他留下一条口子。

直到这步田地，韩渊终于承认自己可能确实是造孽造多了，这一下又一下好比千刀万剐，滋味别提多销魂。

李筠一挥手，方才被唐轸打落在地的虫子大军们纷纷就地复活，蹦跶着替他探查四下地形，已经残破的斩魔阵，还有卞旭为了献祭布下的聚灵阵全都纷纷传回了他眼里——献祭成，聚灵阵已经没用了。

游梁一个剑修，对阵法毫无建树，皱眉道："前辈，这不是办法，就算把我们都耗成人干，我看这献祭之力也难以消减。"

"师伯……"

旁边突然传来一声微弱的呼喊，李筠回头一看，年大大整个人被压在一堆石头下，艰难地扒拉出一条缝隙，露出个头："我……我我……"

李筠十分发愁地将他挖了出来，感觉以后年大大少不了被他师父修理。

"咳咳咳，"年大大灰头土脸地爬出来，"我知道……此地离明明谷不远，明明谷后连着一片荒山，后面崖深千丈，步步幽险，没有人的。"

李筠奇道："你怎么知道没有人？"

"我御剑掉下去过一次，"年明明道，"我爹把整个明明谷的人都派出来，在下面搜罗了大半个月才把我捡回来……"

"行了，你那丢人现眼的事先留着吧，还不带路！"李筠打断他，"水坑你和游梁帮韩渊一起挡一会儿，其他还活着的人都过来帮我个忙，我们在这个废了的聚灵阵基础上布一个引灵阵，把献祭之力引入荒山。"

韩渊惨叫道："你他娘的快点！"

李筠飞身带着众人御剑而去，同时口中喊道："你且忍忍吧，真断成两截，我跟大师兄说两句好话，没准他能把真龙旗给你。"

韩渊差一条龙骨，垂涎真龙旗已久，闻听此言，当场就翻天覆地地文静了起来，再不污言秽语地催促，痛快地说道："多谢二师兄，你们放心去，我再撑半个月没问题！"

李筠被他谢出一身鸡皮疙瘩，头都没敢回。

而噬魂灯虽然碎了，但心魔谷依然开着，扶摇山上的魔气同样没有退。

严争鸣与掌门印心神相连，感觉到依然有源源不断的魔气从他们方才走过的通道中渗透过来，他便直接问程潜道："你那个听乾坤有没有告诉你应该怎样将这封印封住？"

“这个不用它告诉我。”程潜收回霜刃，转身望向清安居的方向，“猜也猜得出来……”

严争鸣先是愣了一下，随即反应过来他指的是什么，当即骇然。

“你不是说我们要把那块石头重新请回不悔台吧？”严争鸣被万丈心魔谷搅起的焦躁随着那惊天动地的一剑，已经发泄了七七八八，因此短暂地回到了他惯常的怂人状态里，“十万八千阶，不悔台，走上去——我的祖宗……你肯定在逗我。”

程潜看了他一眼，表示自己是认真的。

严争鸣头都大了两圈：“你又不是没见过不悔台，我上回才走了一步就被打下来了，等走完十万八千阶，没准就地就能见师祖去了！”

要是放在以前，程潜一定不肯听他废话，早就扛起心想事成石自己走了，可不知从什么时候开始，他渐渐意识到，这种凡事一肩扛的态度对他师兄而言，反而是一种伤害。程潜一辈子的耐心全都透支给了严争鸣，一直等到严争鸣抱怨完，才气定神闲地问道：“你去不去？”

严争鸣闹心地扫了一眼周遭漫山遍野的魔气，果然肩膀一垮：“……去。”

说完，他提起剑，率先向清安居走去：“试试吧，死马当成活马医，问题总比办法多……呸，说反了！”

他的身累嘴贱心里苦，全都在这句口误中了。

到了清安居一看，那心想事成石原本像一湾凝滞不动的死水，此时里面却有浮光般的光晕缓缓闪烁，看起来几乎像是“流动”了起来，简直有无与伦比的吸引力。流淌的光晕像是情人的眼波，让人不由自主地便沦陷其中，严争鸣不过看了它片刻，便觉得有些心驰荡漾。他于是反手勾住程潜的脖子，十分没出息地长长松了口气，低叹道：“幸好你人在这里。”

你在，扶摇山在，大家都在——我便别无他愿，千丈心魔之渊也无法叫我沉沦。

程潜没有贸然伸手去碰，他将那块被霜刃撬开的冰心火带来了，这一块冰心火石一端已经裂开，另一边大体还算完整，被唐轸打磨过，能勉强将那石头塞进其中，短暂地隔绝了缠绕在心想事成石周遭浓郁的魔气。

“别废话了，”程潜不客气地吩咐掌门，“快给我用掌门印打开通道。”

严争鸣知道事不宜迟，他一边迅速依言打开通往心魔谷的通道，一边又控制不住心生不忿，问道：“为什么你就不受影响？”

程潜隔着半块冰心火，将心想事成石扛在肩头，大步走在前面，头也不回地说道："你怎知它对我没有影响？"

严争鸣一愣，连忙跟了上去，喋喋不休地问道："真的？它对你的影响是什么？要是那些乱七八糟不相干的事就算了，要是跟我有关系，你能偶尔表现表现，让我高兴一下吗……你走那么快干什么！"

程潜道："好让风把你脑子吹干一点。"

这一次，两人轻车熟路地找到了不悔台。

严争鸣的乌鸦嘴再次展现出其绝代风姿，果然说中了——问题就是比办法多。

两人分别试了无数种方法，无论是试图用元神剑将这石头送上高台，还是种种千奇百怪的法宝，在此地居然都落了空。十万八千阶悬空的不悔台直通天际，高得吓人，冷冷地俯视着众生，容不得半点投机取巧，只能像凡人一样，历尽艰险，一步一步往上走。

程潜率先一步迈了上去，周身真元好像蒸发了，完全没有任何存在的痕迹，他这一步还没站稳，一阵暴虐的罡风自上而下，径直掀向两人。护体真元早已经化为乌有，手脚沉重得仿佛一副枷锁，程潜此时与凡人无异，他一把抽出霜刃横扫而出，没有真元，所有的力量全都来自骨肉，这一撞之后他手腕巨震，若不是多年来剑法苦练不辍，侧身卸力及时，程潜整个人险些从石阶上翻下去。

严争鸣一把托住他的后腰：“小心——这怎么上得去？师祖肯定是个活牲口。”

程潜揉着发麻的手腕：“掌门师兄，口头欺师灭祖也是欺师灭祖。上不去也得上，不然你说怎么办？”

怎么办？

严争鸣第一反应就是将那裂缝草草封上，然后把这难题留给后世，万一徒弟徒孙中哪一代再出一个童如那样的能人，就让他能者多劳嘛。可惜，他在程潜面前毕竟还是要面子的，这种话在他心里鬼鬼祟祟地转了一圈，没好意思表露出来，严掌门只好叹了口气，与程潜相携走上不悔台。

这样走了不过百十来阶，程潜的气息已经明显粗重了起来，他不断地活动着自己的手腕，那腕骨仿佛受了伤一样“嘎啦啦”作响，每走一步脚下都仿佛灌了铅。

严争鸣将手中的心想事成石塞进他怀里，同时夺过霜刃：“没力气了为什么不开口？从现在开始，我们一百步换一回，谁也别逞强。”

心想事成石再加上冰心火，重量也不过百十来斤，对于修士而言与羽毛无异，可此时，它沉甸甸地压在近乎脱力的程潜手上，程潜险些踉跄了一下，手腕差点抽筋。他抬头看了一眼无限天阶，苦笑道：“不变回凡人，还真不知道自己学艺不精。”

严争鸣挥剑挡开一道罡风，抽空扫了程潜一眼，嘴里还调笑道：“这么俊俏的公子，就算是凡人，谁舍得让你搬石头做体力活？”

这话茬一起，严争鸣也不待程潜回答，已经得意扬扬地幻想起来，自娱自乐道：“要是我们都是凡人，我肯定有钱有势，你么，唔……你多半是个穷书生。”

程潜将鬓角的热汗甩下：“……凭什么我是穷书生？”

严争鸣理直气壮道：“你这浑人，光会花、不会赚，价值连城的大金莲叶，拿到黑市上得卖多少钱？你说毁就毁，家有金山银山也经不住你这个东西败，要是你也能富裕，太阳都得打西边出来。”

程潜无言以对片刻：“是，多谢大师兄养家糊口。”

“我嘛，大概会是个无法无天的纨绔，”严争鸣挥手扛住三道罡风，嘴上不闲着，“纨绔遇上穷书生可就方便了，什么都不用多虑，直接仗着有钱有势，带上一帮狗腿子，将你抢回来！”

程潜对大师兄的自知之明感到十分叹服。

“抢回来以后，我再软磨硬泡、威逼利诱，先将你安置好，爱什么给什么，若不肯识时务，就拿你家亲朋好友来要挟，总之死乞白赖，无所不用其极，假以时日，你还能怎么办？”

严争鸣说得有鼻子有眼的，跟真的一样，程潜默默地听，眉宇间的沉郁渐渐随着他的话音彻底消失了。他在这一步一凶险的不悔台上露出了一点纵容的笑意，开口道：“这可未必。”

严争鸣颇为感慨：“唉，是啊，你从小就又臭又硬，装得一派温文，脾气坏得像茅坑里的石头，肯定没那么容易到手，唔……那我该怎么办呢？”

程潜笑道：“你要是愿意试试色诱，说不定有点作用。”

正好迎面一道罡风，被一句“色诱”说得想入非非的严掌门没回过神来，狼狈地将霜刃往前一挡，连退了两步，一侧歪差点从不悔台上滚下去，幸而程潜腾出一只手捞住了他。

程潜顺手将心想事成石往他怀里一塞，取回自己的剑：“又到百步了，换吧。”

然后他不知怎么想的，在自己一身鸡皮疙瘩中回头补充了一句：“……美人。”

严争鸣讪讪地蹭了一下鼻子：“敢调戏你家掌门，真是惯得你快造反了……唔，你现在从那个什么鬼传承里缓过来了吗？”

程潜脸上笑意渐消，他沉默了三五步，剑与罡风撞出一串叮当乱响。就在严争鸣以为他不打算说的时候，程潜忽然开口道：“在大雪山秘境里，为了抵御画魂，我借你的剑气强行破开听乾坤的封印，接受传承……”

程潜微微一顿，后面的话被禁制拦住了，他更加漫长地沉默了一会儿，才低声道：“它差点把我的神识融化在其中。”

严争鸣本能地追问道：“融化？融化在哪里？”

程潜没吭声，他双手握住已经微微发颤的霜刃剑柄，逼退一道罡风后，将剑尖平平地转过四周，画了一个周而复始的圆，而后又抬头望了望心魔谷不见天日的上空。

严争鸣一瞬间好像抓到了什么。

程潜连天劫都未必放在眼里，什么东西能融化他的神识，吞噬他的元神？

听乾坤……乾坤？

严争鸣惊疑不定地看着他的背影，想起自己透过木剑，捕风捉影一般听见的那一点钟声，他低声问道：“听乾坤里的‘它’是……真正的天道吗？”

程潜照例被禁言，不能回答。

“融入天道”，这听起来像“飞升”一样，然而严争鸣却并没有从程潜话音里听出多少向往，刚从听乾坤里出来的时候，程潜甚至是有些恍惚的，好像陷入噩梦，魇住了似的回不过神来。

飞升，就是死了。

一时间，严争鸣心里忽然冒出了一个异想天开的猜测——真的有一个可供修士们飞升的“上界”存在吗？

“飞升”便是“修成正果”，就是“得道”，那么得了道的人，会在“上界”重新组成一个仙界吗？得道的人也会有正邪之分、也会钩心斗角吗？

可入门修行，不管哪门哪派，师父传的第一课不都是“大道无形、无情、无名”吗？

一个人，如真的无形、无情又无名，意识融化到天地里，那么他还是个人吗？还知道“我”是谁吗？记得生前爱憎吗？还……算活着吗？

严争鸣低声道：“其实世上根本就没有得道长生，对吗？”

程潜缄默，一连几道罡风忽然而至，他手腕翻飞，手腕上青筋暴跳，背影有种说不出的萧疏意味。

不能回答，就是默认。

千百代修士，“长生”就像一根挂在他们面前的胡萝卜，将他们束缚在漫长又孤独的苦修中，让他们不事生产，也不与凡人争利。大多数修真门派像明明谷那样，庇护一方，吃凡人供奉，或者向凡人出卖符咒，除了少数大祸大乱时，修士与凡人一直相安无事。

像唐轸这样被噬魂灯侵蚀到了骨子里的人，尚且会因为天道束缚而不愿意见血。像三王爷这样野心勃勃的人，会因为追求长生而放弃帝位……虽然最后走上了邪道，却自始至终在追求一个虚无缥缈的目标，并未主动与凡人为难过。

但如果有一天，这些修士们知道自己和凡人一样，终有一死，而他们所追求的东西根本是镜花水月，那么这些动辄呼风唤雨的大能会怎么样？

他们有无上能力，动辄翻江倒海，凡人于修士，就好像一群岌岌可危的蝼蚁，世上没有任何可以约束他们的存在，人间帝王将相更像是一场笑话……那么强者为尊，礼乐崩坏简直是必然，这天下会有多么乌烟瘴气？

当年十大门派的列祖列宗就是因为这样，才将这个秘密封入听乾坤中，签订十方誓约，放任天衍处的存在吗？

严争鸣不知道这是不是仅仅只是自己的胡思乱想，也无从追溯真相到底如何。

而程潜被传承所限，永远也说不出来。

严争鸣问道：“那后来你是怎么从中挣脱逃离的？”

霜刃雪亮的剑光照亮了晦暗的不悔台，执剑的程潜短暂地停歇了片刻，他拄剑而立，微侧过头，深深地看着严争鸣。

严争鸣不由想起大雪山中程潜那句异常郑重的“多谢”，一时间心跳得口干舌燥。

千头万绪，不必言明，你已经是我红尘中牢不可破的牵绊。

苍莽蜀山中，李筠这个异常庞大的引灵阵足足布了十天。

布阵不比挖沟，一路上他不敢有一点错处，生怕一个不好，便要祸害一方。这一行人但凡还能喘气的，全被他支使得团团转，有领路的，有四处搜刮灵石的，有帮着计算布阵的，十来天下来，都已经筋疲力尽，更不必说轮流阻挡献祭之术的韩渊他们。

一行人身上所有的丹药全进了韩渊和水坑的肚子。

水坑刚吞下妖丹的时候感觉自己会被这东西撑爆，眼下却觉得三千年根本不够用，得三万年才行！

李筠宣布“阵成”的一刹那，韩渊再难以为继魔龙的身体，顷刻变成人形，半死不活地掉下来瘫倒在地，耗损太过，他脸上几乎冒出了一股近乎病入膏肓的死气。然而即便这样，苟延残喘的大魔头仍然身残志坚地伸出一爪子，拼命抓住了李筠的脚，气如游丝地说道："你……别忘了……真龙旗……"

李筠无暇对他表示嘲讽，当即将鞋一扒，光着一只脚御剑而上。

他御剑如风，一路追逐着沿引灵阵呼啸而去的献祭之术，无比紧张，为了这东西，李筠原本财大气粗的储物袋已经盆干碗净了，各种灵物、符咒全部消耗殆尽，饶是这样，他还是低估了这献祭之术的强大。

引灵阵几次三番险些要泄露出来，阵法每有破口，这一群修士便要大呼小叫如河边纤夫，一拥而上，修的修、堵的堵，这热火朝天的干活模样，倒真像是要将蜀中大山移开似的。

白虎山庄长老被鬼影所伤，狼狈得没个人样，还非得冲在最前头，他御剑蹲在天上，双臂从两膝上垂下来，张着嘴伸着脖子，近距离地目睹了那献祭之术泄洪似的顺流而下，顺手将没头苍蝇一样险些撞到他身上的年大大拎过来，喃喃道："居然成了……"

李筠见了，远远地打出一个信号，要求所有御物的人都落下去。

下一刻，一声山崩地裂的巨响平地而起，所有还傻傻地停在天上的人全都被波及，纷纷从自家兵器上滚了下来。

那献祭术中仿佛含着无数幽怨、暴怒、仇恨与绝望，自高崖流泻而下，如星河倾覆，落地成湖，汩汩而动间，无数荒山被夷为平地，原本的地貌面目全非，深不可测的悬崖露出狰狞的沟回。

众人目睹此情此景，全都目瞪口呆，几乎膝盖一软。

献祭之术引起的地动足足持续了一天半，方才尘埃落定，李筠一只脚没穿鞋，金鸡独立地提着，喃喃道：“这样的禁术，也能以血肉之躯挡上一时三刻……韩渊，你小子真是出息了。”

韩渊奄奄一息地不说话，看起来已经遭受了列祖列宗的爱抚。

水坑急道：“四师兄他怎么了？”

李筠弯腰打量了韩渊片刻，摇头晃脑道：“唉，这样看来，那真龙骨我可不一定能给你要来了，差一根龙骨尚且如此，要是真给你补全了，你岂不是要翻天？”

原本快死的韩渊闻言立刻就地复活，回光返照似的挣扎起来，奋力将李筠那只鞋砸了过来：“你敢！我跟你不共戴天！”

白虎山庄长老腾出手来，联络了蜀中几大门派，包括明明谷。各大门派也有眼色，隔日便纷纷送来各种伤药补给，一行人在蜀中休整了大半个月才继续往南。

韩渊收拾了唐轸与卞旭，养好了伤，越发不可一世，一路主动循着好几个胆敢造反的魔修，来了个干净利落的杀一儆百。等他们抵达南疆的时候，因为九圣身死便生出异心的魔头们基本已经被韩渊震慑住了，一时间纷纷蛰伏下来。

“前面那片瘴气拦路的地方就是魔行人所在了。”韩渊道，“这里不欢迎你们这些名门正派，滚吧。”

水坑在他身后探头探脑，对这天下第一魔窟十分好奇，问道：“四师兄，你们魔修会劫财劫色吗？”

“劫，”韩渊看了她一眼，又充满蔑视地冷笑道，“但是劫色只劫美人，不劫长尾巴八哥，你不必担心。”

水坑愤怒地冲着他的后脑勺喷了一把火。

“别忘了把真龙旗给我送来。”韩渊一摆手化解了她的小火星，大步往魔行人老巢走去。他一抖袖子，一道巨大的山门凭空而出，上面一个龙飞凤舞的“魔”字宛如张开了血盆大口的怪物，晦暗森冷的魔气上下翻飞，与林间毒瘴融为一体，看起来说不出的险恶。

一块血色的八卦图从韩渊那已经破破烂烂的蟠龙袍袖中飞出，当当正正地打在了“魔”字旁边，立即烙下了一个带着血气的印记。

这血印仿佛油滴入了沸水，一时间，魔行人山谷中起落了无数双窥探的眼睛，小心翼翼地望着这位归来的大魔头。

韩渊穿着破烂如乞丐的衣服,步履间却仿如回归龙庭的帝王,旁若无人的身影闯入了群魔故里。

可惜没走几步就被破坏了——水坑方才还要将他烧成人干,这会儿见他背影,心里又忽然空落落的,不由得高声叫道:“四师兄,我们以后来找你玩啊!”

清脆的“找你玩”在群山之中来回荡漾,将魔王归来的霸气败了个一干二净。

“玩个蛋,”韩渊咬牙切齿地想道,“丢人现眼的死丫头。”

巨大的龙影在韩渊身后一闪,苍龙入海似的一头扎进了南疆瘴气中,再不回头。

他将终身镇守在这里。

一行人就此分别,了结了天衍后事的游梁无处可去,李筠循着严争鸣给吴长天的承诺,决定将他带回扶摇山。

年大大则同他报备之后,短暂离开师门,孤身去了东海,寻找年明明的转世。

可是茫茫人海,找一个平平无奇的小小男婴谈何容易呢?何况韩渊只是告诉他一个大概方向,准与不准还待两说。

年大大在东海附近转了几天,不大甘心,想找个地方住上一阵子，慢慢寻访。

他扮作凡人，找人打听便宜的地方投宿，被一个渔民领到了东海岸边一个十分偏僻的地方，只见那儿有一棵大得要成精的枸杞树，枝干横七竖八得好像有参天野心，挂着一排排红如血珠的果子，树下坐落着一个破败的小院子。院门口几块大石头圈了个猪圈，门边一副对子，左面是“三文一宿”，右面是“爱住不住”。

年大大被这等跟钱有仇的气魄镇住了，好半晌才扭扭捏捏地敲了敲门，没敢敲大声，耗子挠门一样。挠了半晌没人搭理，年大大已经准备走了，便听“嘎吱”一声，里面走出一个膀大腰圆的汉子，分明是个凡人，通体却有种不怒自威的气派。

那壮汉瞪着年大大，喝道：“你没吃饱饭吗？会不会敲门？到底住不住！”

年大大被这凡人无法形容的气派镇住了，顺口道：“住……住，前、前辈，我住。”

“前辈？”那壮汉一挑眉，声如洪钟道，“哦，闹了半天你还是个修士，没见过你这么窝囊不成器的修士，交钱，滚进来！”

年大大不敢有丝毫异议，圆溜溜地滚了进去。

而直到年大大在东海住了两个多月，山川间的魔气才渐渐沉淀消散——

那十万八千阶的不悔台让当世两位大能足足跋涉了近三个月。

两人身上大小伤口无数，此时即便是程潜，在抵达终点的一瞬间，脚下也忍不住踉跄了一下，险些跪下。

太艰难了，霜刃的剑光都被磨得暗淡了，程潜简直想直接从这里滚下去，他一点也想不出童如当年是怎样孤身一人行至此处的。

不悔台上空寂肃杀，严争鸣走在前面的脚步忽然一顿。

程潜疲惫地哑声道："怎么了？"

严争鸣沉声道："你来看。"

只见不悔台上有一只脚印，浸染了血色，如今血迹已经露出了陈腐的铁锈色，却被不悔台忠实地保存了下来，几百年没有一丝褪色。单看这枚惊心动魄的脚印，便能想象得出当年童如孤身闯入是怎样的光景，他一条腿踏上不悔台，另一条腿还在石阶上，一身的伤，想必已经是强弩之末，才留下了这样重的一枚脚印。

当他用尽最后一点力气，抬起头望向那熠熠生辉的心想事成石时，会不会好像在看一个遥不可及的梦？没有人与他轮流执剑、彼此护卫，他独自背负着无处诉说的非分之想，在心魔与良心的双重拷问下，背离尘世，踏血而来。

这样一想，做小辈的虽然明知他为了一己私欲走火入魔，引来了诸多祸事，却忽然之间，无法说出多么苛责的话来了。

不悔台中间心想事成石原本的印记还在，两人停歇了片刻，七手八脚地撤下冰心火。

那块石头仿佛有灵，只要人轻轻一推，便自己归了位，严丝合缝地沉淀了下来，中间流动的浮光一瞬间便凝滞住了，周遭始终在纠缠不休的魔气好像变成了一把细灰，忽地一下，烟消云散了。

不悔台上一尘不染，也不见一个符咒，可它就是让人有种极端寂静的感觉，好像人心中种种野心奢望，到了此间，都会不由自主地平息宁静下来，回归到为人本质的洁净来。

此地跋涉十万八千阶，仿佛度过了十万八千场劫难的一个归宿。

程潜听见庞杂的哭声与喊声、笑声与吼声，它们一同离他远去，像是沉浸多年的一个梦境走到了头，心间一时前所未有的清明，好像再次听见了乾坤中渺茫的天道。

他腿有些麻，脚下一个踉跄，便干脆顺应了本能，仰面躺下，听着四周祸乱的心魔逐渐安静温顺下来，感觉自己一点力气也没有了。

严争鸣将自己大半的重量都撑在了霜刃上，瘫在旁边发了会儿呆，突然问道：“当年童如师祖对心想事成石许愿的时候，愿以百万怨魂为祭……那现在呢？算是怎样？”

程潜闭着眼睛，几不可闻地说道：“怎样也不怎样，那块石头其实也并没有让他心想事成吧？”

扶摇派的血脉还是断了，木椿师父还是死了，故人们还是一个又一个地决绝而去，人间还是被拖入了一场旷日持久的乱局……

至今方休。

劫难像一把燎过平原的大火，无情又无法抵挡地碾压过去，将一切都焚毁在灰烬里。

唯有细草嫩芽，死寂过后，又默默地萌生在春风里。

“枯木逢春”，像一个开头，也或许是一个结局。

严争鸣静立片刻，说道：“等我们回去，你有空带我去一趟忘忧谷吧，我有点想见见师父和师祖。”

程潜口无遮拦地说道：“去跟他们显摆掌门师兄你百年来力挽狂澜、复兴门派的丰功伟绩吗？”

严争鸣：“……”

被师弟看透了的感觉真不舒爽。

他恼羞成怒地抬腿给了程潜一脚："让你带路你就带路，哪来那么多屁话，混账东西！"

可惜计划好的这一行注定事与愿违。

两个月后，严争鸣嘴里叼着一片"障目叶"，艰难地掩去自己的生气，赶在黄昏一刻，跟程潜混进了忘忧谷， 两人一路穿过鬼蜮，轻车熟路地寻到了童如的埋骨之地。

谁知原本在那儿的尸骨却不见了。

两人在原地找了好几圈，一无所获，程潜险些怀疑自己记错了地方，直到他最后从大树下挖出了一枚锈迹斑斑的铜钱，才想起童如同他说过的——下次再来，恐怕就不能相见了。

大概是那人刑期已满，大罪已赎，终于与山川草木同去了。

两人在天亮前原路离开了忘忧谷，严争鸣吐出障目叶，问道："师父和师祖的魂魄消散了吗？"

程潜想了想，答道："不如说是飞升了。"

这么一想，心里忽然就觉得释然了。

卷五・返璞归真・完

番外一

扶摇山记事

文老板和小胖墩

半年后，年大大与文老板辞行，结清了住店钱，准备回扶摇山——文老板姓文名静，乃是那位“三文一宿”的破客栈老板，生得膀大腰圆，早年给人走过镖，满身跑江湖的悍气，一顿能吃八个大馒头。

两人的告别场景毫无离愁别绪，因为在场的第三位朋友实在太能搅和了。

这位朋友身高不过三尺，乳牙方才长齐，长与宽乍看分别不大，遇上陡坡基本不必费力行走，就地十八滚即可，此时，他抱着年大大的大腿，嚎得肝肠寸断，凄凄地哭道：“娘……娘不走！”

这位小友有无数位娘亲，男女老少不一，其中生身之母有一位，其余都是他自己认来的——谁给他吃的，他就管谁叫娘。

文老板捂着一只耳朵，对年大大咆哮道：“你不是说你是来找人的吗？找着了……唉，你想点办法，让这鬼东西别再嚎了！”

年大大扯着嗓子奋力盖过那崽子撕心裂肺的哭声，吼道：“你给他拿块糖！”

文老板道：“我他娘的去哪儿找糖！”

说完，他怒气冲冲地进屋，从厨房翻出了一块卤鸭脖，粗暴地塞进那小胖墩嘴里：“吃吃吃！”

小胖子吧嗒吧嗒嘴，尝出了点味道，顿时不再对年大大有兴趣，蹲在一边安静地啃了起来。

文老板糟心地看着小胖墩，问道：“你要找的人该不会就是他吧？”

年大大面露羞耻。

文老板道：“是了，我听说过你们修士讲究转世，不过你这位道友上辈子练的不会是大肚神功吧？”

年大大无言以对。

虽不中……亦不远矣。

练过大肚神功的转世儿童无忧无虑地冲文老板龇牙露齿地一笑，叼着鸭脖子跑到他面前，清脆地仰面叫道：“娘！”

文老板面无表情道：“滚！”

骂完，文老板像是忽然有些感慨，说道："要说起转世来，我这个人从懂事之后走南闯北地去了不少地方，到哪儿都觉得差了点什么，直到我来到东海，突然就感觉回家了似的……听说东海这一带，百年前有很多修士来往，你说我不会也是谁的转世吧？"

年大大听了，试探着问道："文老板也有求仙问道的意思吗？不如我引荐你……"

"哎，我就是那么一说，"文老板摆摆手，随意地在小胖墩的大秃瓢上摸了一把，"我感觉我就算修也修不出什么出息，学成归来，恐怕还是想开个小客栈当老板，跟现在一样，修来修去都是脱裤子放屁——多此一举。行了，我替你稳住了这个祖宗，你快走吧，有缘再见。"

年大大深深地看了一眼那小胖墩，终于没说什么，自己走了。

他本来动过将年明明的转世带走的念头，可是见那小胖子这一世衣食无忧，父母双全，在市井街头混得如鱼得水，便忽然又觉得没什么意思。

想来对年明明来说，飞天遁地，也未必有蹲在地上啃个卤鸭脖子来得快活吧？

何必搅扰他呢？

画像

话说诸多事端尘埃落定后，众人纷纷回扶摇山，总算是安定了下来。严争鸣命人陆陆续续地将扶摇山庄的一些东西搬了回来。

日子久了杂物就多,严掌门本身也不是什么特别有条理的人，自己都不记得自己有过什么乱七八糟的玩意，他懒得收拾，便支使程潜去，结果程潜任劳任怨地整理了半晌后，从中翻出了一打画像——他自己的。

严争鸣当年画过无数幅程潜的画像，大多是伤心之下当场就毁去了，不过画得多了总有漏网之鱼，到底有几幅留下来了。

这都是大师兄滴着血的真心，程潜十分珍重，便默默地收藏了起来，继而他又想起来，童如师祖还没来得及留下画像，师父算是有一幅，却被他自己毁了，更不必提他那自始至终都是一出悲剧的师伯蒋鹏，于是起了性，想给先人们补上。

程潜的书法很有功力，作画却不怎么行，于是跑去请掌门师兄执笔。

严掌门听了，矜持地冲程潜勾勾手指，叫他附耳过来，挂着正人君子般的端庄神情，这样那样地提了一番又无理又猥琐的条件。程潜当即决定让他哪儿凉快哪儿待着去，随即把掌门轰出了清安居。

最后他只好凑合着找了二师兄，李筠倒不拿乔，欣然同意，带上一只爱凑热闹的小师妹，到九层经楼中的倒数第二层里挥毫泼墨。期间，勤劳的小师妹挽起袖子，将常年积灰的倒数第二层从头到尾打扫了一遍，将每一幅先辈们的画像都抖搂开，好生清洁了一番。

忽然，水坑惊叫道："呀，二师兄！"

李筠按着程潜的描述在纸上耕耘，画兴正浓，头也不抬道："干什么？"

"你在画上！小师兄，快看！"水坑将一幅经年泛黄的画像展开，只见画上的前辈不修边幅，长发披散，露出一张眉清目秀的小白脸，那五官神情，分明是李筠在世。

程潜再一看，下面分明写着：文竹真人，某年某月拜入扶摇派，乃为某代弟子，其人极善奇技淫巧，精通旁门左道，入道气门独树一帜，至今不详，因身边有九连环一副，故称其以"九连环"入道。

扶摇派传承中，那位老前辈好像和严争鸣提起过扶摇祖上出过一个"以九连环入道"的，还将那位前辈的手札交给了李筠。文竹真人与李筠面貌一般无二，竟仿佛是元神转世归来。

所以……只是物归原主吗？

闹了半天，千古九连环只一人。

这位千古一人的二师兄完成了几幅大作，被闻讯而来的严争鸣看见了。

严争鸣瞻仰了半晌，给出了一句中肯的评价：“老二，你歇一会儿吧，别欺师灭祖了。”

李筠不服，继续挥舞丹青，画了一幅身在南疆的韩渊，有一年中秋节带了过去，兴致勃勃地展示给了韩渊看。韩渊看完以后，感觉昔日同窗之情彻底破灭了，又念及自己至今没有得到真龙骨的受骗经历，顿时决定新仇旧恨一起算，将李筠一直追杀到南疆边界……唔，这是后话了。

番外二

王者归来

一天，年大大和游梁正在不知堂里修理桌椅板凳，就见他的二师伯像条脱缰的野狗，从山顶呼啸着奔将而下，口中一波三折地喊道："别追我，我要闭关……关……"

年大大和游梁面面相觑，不知道"闭关关"又是什么鬼东西。

他余音未散，那李筠已经脚下生风地钻进了半山腰上一处无名洞府中，回手将洞府门口的禁制封上了，一番作为可谓是眼疾手快。

谁知下一刻，一道不讲道理的剑光从天而降，将那不知哪个前辈留下的禁制劈了个稀巴烂——严掌门杀气腾腾地露了面。

年大大满脸崇拜地用胳膊肘一捅游梁，赞叹道："我天呢，你师父真厉害。"

游梁："……"

他至今还是感觉自己应该和年大大换个师父，这样一来，两人就都不像入错门的了。

被追杀的李筠一边仓皇逃窜，一边引吭号叫："师父啊！大师兄要杀人啦，您老人家快显灵睁眼看看吧，您走得早啊，没人管得了他了，没人为弟子做主了，他现在一手遮天了……苍天啦，救命啊！"

年大大目瞪口呆，头回听见这样成体系的哀号。

游梁若有所感，一抬头，正看见山间树林里红影闪过，他们水……不，韩潭小师叔同白鹤一起悄无声息地溜过，轻车熟路地占据了一个又方便看热闹、又不会被当成热闹看的隐蔽位置。

这得多少次"城门失火，殃及池鱼"的悲惨经历，才能练就如此老道的经验？

游梁颇有几分沉稳的机灵气，立刻决定效仿长辈，将年大大的脑袋一按，动手关上了不知堂的院门，两人一上一下，一起从不知堂那四面漏风的门缝里往外望去。

此时缘由，可谓小孩没娘说来话长——总而言之，全赖李筠自己喝多了嘴贱，被掌门追着揍一点也不冤枉。

头几天正好是中秋，除了滴酒不沾的程潜，众人都多少喝了些，程潜在李筠那里看见一本讲偏门符咒的杂本，一时兴起要借走去看,谁知刚一翻开,里面就掉出了一张“书签”,好死不死……正好是当年严争鸣写给李筠要清心丹的那张字条。

程潜当然是认得自家师兄的字迹,只不过看了也没往心里去,顺口一问罢了。谁知那李筠喝得找不着北,本来就在发酒疯,听了这么一问,顿时一副受到了莫大惊吓的模样,对着不明所以的程潜吼道:“大师兄!大师兄你露馅了,这可不怪我!”

程潜:“……”

听了这句话,少不得要好好打听打听了。

后来……听说程潜第二天就去了山顶闭关练剑,连清安居的门都不挨了。

谁企图去山顶“打扰他闭关”,都得做好被霜刃从山顶掀下来的准备,扶摇山顶俨然已经变成了一大片冰天雪地,恐怕过不了两天,山下村民就会传出“神山死了老婆,一夜白头”之类的鬼故事了。

严争鸣抓耳挠腮,奈何不了程潜,只好漫山遍野地追杀李筠这个罪魁祸首。

李筠吼叫道:“救命啊!杀人啦!小师妹!三师弟!”

水坑躲在山间密林里装死,抚摸着白鹤的鸟脖子,忧虑地说道:“我感觉还是回后山去征战群妖谷比较安全,你觉得呢?”

白鹤蹭了蹭她的手心，支持她回去篡位夺权。

李筠发出了杀猪一样惨烈的吼声：“你们这群丧良心的……水坑！我一把屎一把尿地把你拉扯大，你就见死不救吗……小潜！你忍心让一个被你威逼利诱的师兄为你担这种罪过吗！啊啊啊！大师兄我错了，我再也不敢了，饶了我的狗命吧……”

突然，李筠的号叫和严争鸣拆房子的动静一同戛然而止，年大大疑惑地抬起头来，正看见他那永远翩翩谪仙一样的师父持剑站在山间一块巨石上，冷眼旁观着这场闹剧。

年大大捧心道：“我师父好像是来普度众生的。”

游梁叹了口气：“年师兄，你被罚了三百尺的符咒还没刻完呢，还是躲三师叔远点吧。”

方才还气焰嚣张的严掌门摇身一变，从冷若冰霜的大魔头变成了柔柔弱弱的白衣公子，低眉顺目地叫道：“小潜……”

程潜面无表情地看了他一眼。

严争鸣的脚紧张地在地上蹭了蹭，脸上却做出一副“屈尊哄着你”的鬼样子，干咳道：“唉，算了，我还是给你解释几句吧。”

程潜冷笑一声，将霜刃戳在地上，洗耳恭听。

严争鸣僵硬地润了润干裂的嘴唇，其实他心知肚明，清心丹那破事前因后果一目了然，根本没什么好解释的，不管他说什么，基本都是越描越黑。他哑口无言了片刻，终于，他决定豁出去脸面不要了，伸手一指李筠，义正词严地一推二五六："都是他添油加醋挑拨离间，我那张纸条就是让他给我配几味普通丹药！李筠，你什么东西，唯恐天下不乱是吧？一天不给我上眼药就受不了对吧？从小就心术不正，没有一点长进！"

这种指鹿为马颠倒黑白的事，严争鸣干得炉火纯青。说着说着，他自己都快被自己说服了，一开始还有点色厉内荏，转眼就变成了理直气壮，并且理直气壮得十分真诚，好像这一切真是李筠干的一样。

李筠从被剑修打烂的洞府里探出了一颗苦大仇深的头颅，心道：我现在叛出门派还来得及吗？

严争鸣凶狠地别了他一记眼刀。

李筠缩了缩汗毛倒竖的脖子，违心地开口道："可不是嘛！小潜，大师兄问我要的那都是止泻药，防水土不服的，跟清心丹一点关系也没有！都是我……我我我胡说八道，不知所云，活该被掌门杀人灭口以正门规……哎哟！"

严争鸣一条锋利的真元从地下翻滚而过，精确地将李筠掀翻在地。

程潜听了越发火冒三丈，面上却依然是沉静漠然的，感觉严争鸣不单没有坦诚认错的意思，还学会了睁眼说瞎话。

实在是给惯得不能要了。

眼见程潜招呼也不打地转身就走，严争鸣忙胆战心惊地叫住他：“等等，你要干什么去？”

程潜头也不回地道：“启禀掌门师兄，我要下山游历一百年。”

严争鸣呆住了，终于感觉此事玩脱了。李筠和远处躲着看热闹的水坑也都跟着一起傻了眼，水坑再也顾不上作壁上观，跟炸了毛的白鹤一同亮翅而出——这小师兄真走了，扶摇山上就没人镇着掌门那只大妖孽了。

那还不得生灵涂炭！

“小师兄别走！”水坑大叫一声，声音凄厉得闻者落泪。

严争鸣嘴唇微微动了一下，心里升起一点微妙的感慨——小师妹到底没白养活，别看平时好吃懒做，关键时候，立场站得还是很稳的。

随后，就见水坑拉开双翅，拦在程潜面前，一脸泫然欲泣地说道：“要走就把我一起带走吧！”

严争鸣：“……”

这见鬼的扶摇派，从上到下，就没有一个不吃里扒外的！

正在混乱中，后山处突然传来一声凄厉的尖鸣，众人纷纷一愣，顿时顾不上再打闹斗气。程潜身形飞快地起落几次，转眼人已经到了扶摇山巅，居高临下地一扫，只见山穴动荡，原本幽静的山穴寒潭因为剧烈的震动，表面起了一层白浪。他低声道：“怎么回事？”

严争鸣侧耳听了片刻：“好像是妖谷出了什么事……奇怪。”

正这时，只见寒潭水分开两边，与百年前面容毫无变化的紫鹏真人从中走了出来，这老母鸡一双眼睛依然好似猎鹰，对如今的几个人来说却已经没有了一丝的威慑力。

严争鸣皱眉等着她的说辞，一张不作死也不犯贱的冷峻面孔颇能唬人。

不知紫鹏认出这百年前被她一根鸡毛打飞的少年没有，她神色复杂地看了看不远处的水坑，而后微微低头欠身，做了一个恭敬臣服的动作，开口道：“妖谷中近日有大妖叛乱，妖王已死，未免多事，还请掌门暂且封闭山穴口。”

这消息来得突然，却也不意外，历代妖王更迭，必然伴着流血，杀之方能取而代之——他们甚至不知道这时死的这位妖王，还是不是当年他们几个人去群妖谷找韩渊的时候当权的那位。

严争鸣在山巅负手而立，沉声道：“多谢告知，若妖谷有我们能帮衬一二的，请紫鹏真人不用客气，尽管开口。”

这话说得有些倨傲，多少有点不将群妖谷放在眼里的感觉，然而紫鹏却知道他是有这个底气的。

这一代的扶摇派，人丁不算很兴旺，实力却是空前的强横，有剑神域的剑修，有历经天劫的半仙之体，有继承了三千年妖丹的天妖，最不成器的一个九连环道都已经修出了元神……更不用提如今远在南疆、震慑一方的大魔头韩渊。

紫鹏真人百感交集地看着严争鸣，深山中不知岁月流逝与人事变迁，百年匆匆如弹指，当年韩木椿半人不鬼，哪怕手握掌门印，也难以压制整座扶摇山，只好定下不让弟子去后山的规矩，乃至于天妖降世，还是北冥君逡巡不去的魂魄出面摆平。

如今，她不过一次漫长的闭关，人间竟已经换了日月。

眼前人倨傲矜持，通身一代宗师的气派，再不是当年被她呼来喝去的小孩子了，紫鹏真人终于只是低头敛衽，轻声道："多谢掌门。"

说完，她身形缓缓地没入寒潭中。

这么一搅和，程潜短暂地忘了方才的怒火，问道："大师兄，封山吗？"

严争鸣摆摆手："简单设个禁制就行了，我最近又不打算出门，谁还敢越过山穴造次不成？"

听了这好大的口气，程潜终于想起他们还在对峙冷战，当即一翻眼皮，尖酸地刺道：“可不是么，掌门师兄要多威风有多威风。”

严争鸣顿时发现自己忘形了，满心诚惶诚恐，嘴上还要人模狗样地找补道：“不……不对，扶摇山现在风雨飘摇，不太平得很，上一次妖谷大劫可是耗费了师祖一魂呢，你怎能在这节骨眼上弃门派于不顾！”

程潜木然地看着他，转身走了。

严争鸣一路屁颠屁颠地追了过去：“回清安居吗？这就对了，师兄还给你温着一碗梅子茶呢……以后有话好好说，动辄闹脾气是什么毛病，啧，真是宠坏了……小潜，你给我走慢点！”

李筠：“……”

他腹诽了几句，转头一看水坑，见她还呆呆地盯着后山寒潭，便招呼道：“小师妹，还看什么呢？走了。”

水坑眉头微皱，一脸郑重，仿佛在做什么重大的决策。

李筠脚步一顿：“怎么了？”

水坑突然抬起头来，说道：“二师兄，我想去群妖谷。”

李筠一呆，仙鹤也抬起头来。

水坑正色道：“我是继承了妖丹的大妖，为什么妖谷大乱的时候要在外面冷眼旁观？我们妖族有很多很好的族人，他们每隔一段时间，就活该被那些争来争去的大妖连累吗？还有那些满嘴上天注定的乌龟老王八，动不动就说谁是丧门星……我才不是丧门星，我打算让他们好好看看！”

她说这话的时候，身上好像着了火一样，李筠一时无言以对。

三天以后，整个扶摇派都聚到了后山，水坑被塞得满手都是各种用法不明的符咒，每个拿出去都能被炒成天价，严争鸣一边替她整理，一边骂道：“我看你是吃饱了撑的，好好的人不当，要去当鸟头头……要是在外面被打哭了，不许回来告状！”

水坑怒道：“我是要成为妖王的大妖怪！”

李筠叹道：“狗屁的大妖怪，你从小就没离开过我眼皮底下……唉，多长几个心眼，在妖谷里被人欺负，就报你大师兄的名号，妖谷的人等闲不敢得罪掌门。”

程潜眉头一直没有打开过，此时直接说道：“要不还是我陪你去一趟吧。”

水坑还没来得及抗议，严争鸣已经一嗓子怪叫出来：“什么？不行！”

片刻后，他想了想，又让步道：“你去我也去！”

水坑：“……”

眼看她征战天下的旅程要变成拖家带口，远处突然飞来一只巨大的鬼面雕，它通体漆黑，不可一世地呼啸而来，在山巅盘旋了片刻落了下来，这大禽有些忌惮地看了严争鸣等人一眼，落在寒潭另一侧，周身森然魔气将寒潭水都搅和得不安起来。只见那鬼面雕长啸一声，忽然用韩渊的声音口吐人言道："听说群妖谷又不安分？这鬼面雕借给你了，要是你这废物连那些孽畜也收拾不了，你就死在那边吧，不必回来了！"

鬼面雕带完主人的话，恢复了鸟声，尖鸣着飞起，倨傲地落到水坑身边，纡尊降贵地低下头，勉强让她摸一下自己尊贵的头。

水坑……韩潭的后背张开巨大的双翼，漫天彤云一样隐隐闪着炽烈的火光，就这样，她带着鬼面雕和三位师兄各种各样防身的符咒踏入了妖谷。

"我去征战天下了！"她头也不回地说，带起了漫天的萧萧之风，像个稚拙的王者。

"天下个屁，不就一个山旮旯吗。"掌门师兄嗤道，"逢年过节滚回来，别野在外面不着家，听见没有？不然打断你的鸟腿！"

水坑脚下一踉跄，炸着毛一头栽进了寒潭里。

……这征战天下的行程，起步于一个狼狈的狗啃泥。

番外三

经年往事

童如一辈子收过两个徒弟，一个是蒋鹏，一个是韩木椿。

蒋鹏是带艺从师，本不是他门下弟子，受一位仙逝老友所托，代为照看，蒋鹏不愿意丢开自己本来的师父，便只在他门下做挂名弟子，一年倒有半年多在外游历，他资质平平，为人略嫌老实木讷，没有什么害人的心思，也不大会防人，对童如尊敬有余，并不十分亲近。

比起这位挂名师兄，正牌徒弟韩木椿在童如心里，就浓墨重彩太多了。

童如有时候会想，如果韩木椿这辈子命数平和一些，少年时代少些坎坷，没有机缘巧合地拜在自己门下，说不定能在凡间出将入相，至少也能成为一代鸿儒——这想法纵然有童如高看自己宝贝徒弟一眼的缘故，却也并非无中生有。

韩木椿虚岁十二，便在秋闱桂榜提名，中了解元，也算是轰动一时，上抵圣听。次年本应入京会试，恰逢其父病重不治。他母亲难产早逝，自小同父亲相依为命，亲情笃厚，便也无心再考，带着几个家人奔丧回家，途中好死不死，遇上了流寇作乱，家人都死于贼人刀口下，韩木椿命悬一线的时候，被采药路过的童如救下。

老百姓们过去有种说法，说有一种人，太过聪明伶俐，是人精，人间留不住，必然早早地从哪儿来回哪儿去——韩木椿可能生来就是个夭折的命，被童如顺手救下，好像只是走了个小小的岔路，百年后，依然回到他自己薄命的正轨。

韩木椿少年时被童如带回扶摇山，拜入童如门下，自此见识了修士与凡人的不同，便绝了功名之心，一个孩子，多年寒窗苦读，说弃就弃，连童如也忍不住问过他缘由。韩木椿把不知堂外的花养得膀大腰圆，当时一边挽着裤腿浇水，一边漫不经心地回道：“修士与凡人只能选一个当，哪能两边都占着？”

童如问道：“有何不可？”

韩木椿道：“凡人和修士天差地别，若神通广大的修士们都掺和到凡间事里，凡人岂不如蝼蚁，人间岂不要大乱？凡人们乱了对修士们有什么好处，修士一个个不事生产，哪怕辟谷御物，总还得穿衣吧，总还要偶尔奢靡享受一下吧，炼器得要各种材料吧，若是能买到，谁会自己天南海北地去找？要是修士也同凡人一处过日子，那么大家肯定要分出三教九流来，肯定有争端，要压迫凡人造孽，到时候大家伙一起走火入魔吗？"

童如从不知他暗地里还替天下操着这个心，简直有些不认识他这个吊儿郎当的徒弟了。

"所以么，"韩木椿哼着小曲嘀咕道，"掺和在一起对谁都没好处……都说大能会飞升，我看九层经楼里也没记载谁飞了，师父啊，你说'飞升'会不会就是一根萝卜啊？"

童如口舌磕绊了一下："……是、是什么？"

韩木椿道："萝卜啊，挂在驴鼻子前，修士们都是跟着萝卜跑的那头驴，有飞升这根萝卜吊着，修士们都只好一门心思地追，也就没空祸害人间啦。"

童如听他越说越离谱，终于忍不住出手，在他脑袋上拍了一掌："胡说八道，就知道胡乱编排——我让你修的功法你研习得怎么样了？"

韩木椿得意扬扬地一甩胳膊上的泥点子："倒背如流！"

童如被他气得火冒三丈："就是'倒背如洪'，你不用功修炼管个屁用，混账东西！"

韩木椿聪明绝顶，只是懒——他用功好比磨刀，每次堪堪卡在童如能勉强放过他的那条线上，多一分力气也断然不肯用，单是拿捏揣度“上意”的这个度，就不知要费多大心思，可他似乎宁可费心思，也不肯费力。

把本以为自己“得英才而教”的童如愁得要死。

蒋鹏常年不在，就这么一个宝贝徒弟，童如从半大少年一直看着他长成一副芝兰玉树的模样，也不忍心太过苛责，只是逮着闲时，便不由得要念叨他几句：“小椿，我们修道之人，如逆水行舟，终身被大道牵引，被寿数逼迫，不敢懈怠清闲丝毫——人的资质的确分三六九等，你的天资也确实有可称道之处，但在这条路上走得时间长了，你就明白，运气与心性其实远比资质重要。”

韩木椿乖巧地沏茶奉上，面上依然是一片嬉皮笑脸：“师父，喝茶。”

童如一番苦口婆心被他当成了耳边风，也没接茶杯，劈手将旁边一本闲书拎过来，照着他的脑门抽了一下：“举人老爷，我就不明白了，什么圣贤书把你教成了这副德行？”

他并不真打，韩木椿也并不真躲，只是微微缩了缩脖子，笑道：“读书也不是我想读的，我其实一直就想当个普通花匠，只是家父身体一直不好，总说恐怕看不到我长大成才，我才想着早点考个功名让他放心……现在他老人家也没了，我就师父你这么一个亲人了。”

韩木椿说到这里，垂下眼，看着茶杯里微微晃动的水面，面目在水面上模糊不清，童如被“亲人”两个字说得心里一颤。

韩木椿双眼一弯：“我当然就好好孝顺师父了，等……”

他本想说“等你老了我来照顾你”，后来想起来，师父似乎是不会老的，于是临时改口道：“等春天一来，师父看着扶摇山上姹紫嫣红，心情一好，修行都能事半功倍呢！”

说了半天还是想当花匠。

童如放不下脸，心又软，无言以对，只好不顾颜面地翻了个白眼。

这一年春来，扶摇山上果然分外热闹，山花烂漫，蜂蝶成群，妖谷中百鸟惊诧，竞相来看，韩木椿一长一短地挽着裤腿，远远地坐在一个飘在空中的花锄上，兴高采烈地冲刚出关的童如挥着手：“师父，看我给你种了一山的花！”

童如一直觉得自己仿佛命犯孤星，多年来不是在修炼，就是在跟道友切磋，还从没有人待他这样亲近得肆无忌惮。他一见那面带讨好的人，当场就原谅了败家徒弟前几天将他的符咒偷出去卖了换酒喝的“小事”。

相依为命，便不凄凉。

暮春将至，花将败，童如舍不得，想使个法术将它们保存下来，却被韩木椿拦下了。

韩木椿道："败就败了，明年还再开呢，春华秋实、绿荫白雪，季节轮换更迭都是常事，各有各的好处，岂能为了一个风景耽误另一个风景？"

大能们飞天遁地，免不了矜持暗生，自觉万物唯我独尊。童如听了这番论调，又感触又自嘲地想："也是，尊得那么独干什么呢？时间长了不无聊吗？没有好处的事。"

人之所以会期待"明年"，正是因为有枯荣盛衰，正是因为心怀希望。

败了的花被韩木椿收起来，加了蜜，酿了几十坛百花酒，挨个埋在树下，为这，韩木椿耽搁了七八天符咒功课，叫童如关了数月的禁闭。

而一季过去，树下便成了一道人间美味，配上后山小河里的肥螃蟹，正好比佳偶天成。

每个人都想多活几年，可如果活着是受罪，亲友全无，枕戈待旦，不得片刻安宁，那么又有什么趣味呢？

这道理童如以前从未想过，他有印象以来，就一直在扶摇山上，没日没夜地修行，没滋没味惯了，成日里如喝白水，也不知道什么是甜什么是苦。

直到有了韩木椿。

几百年匆匆如浮光掠影，只得这一点滋味，尝得他神魂颠倒。

甜是百花酒的甜，苦是他三魂附在铜钱中，看扶摇山野草萋萋、再无人种花时的苦。

童如眼睁睁地看着他的小椿栖身在一只黄鼠狼的身体里，每逢深夜，便在风灯凌乱的不知堂里长久地静坐，细细的眼睛半闭着，好像在参一道别人不懂的禅，又好像沉浸在掌门印经年的记忆里。

甜只有一瞬，苦却苦了很多年。

再相见，是在生人不可及的忘忧谷，韩木椿以自己苟延残喘的元神，将他残存的一魂困在忘忧谷。

其实只是画地为牢——纵然元神消散，只剩下残魂，童如也是问鼎过北冥的人，真要挣脱，韩木椿那对于他来说始终稀松平常的修为不见得能管什么用。

不过纵然千刀万剐，童如也十分甘之如饴，他有些诚惶诚恐地接受了自己受刑于天地、魂飞魄散的下场，因为和某人同生共死，简直是求而不得。

只是……再没有百花酒了。

童如以前总觉得韩木椿为人太过温和，有点随波逐流，后来才知道，凡人也好，修士也好，一辈子只要有那么几件事九死不悔就够了，其余细枝末节，就随它去了。

他始终也没有问一句“这么多年，你在掌门印中都看见了什么”。

直到魂归天地的一刻。

那一刻，韩木椿忽然拉住了他的手，看着他的眼神里好像有一片浩渺的星河。

直道相思两无益，未妨惆怅是清狂。

想必若能死而无憾，就算是飞升了吧。

番外四

天下座师

天朗气清，薄云如絮，大片的日光倾盆而下，落在林间地头、如茵碧草间，放眼望去，绵延的山间繁花似锦，端是无限风光。

两侧山路宽阔平坦，石阶俨然，不少负箧曳屣的行路散修或流连风景，或匆匆而过，他们大多修为低微，御物尚且不能，乍一看，和凡俗之人也无甚差别。小商小贩们闻讯赶来，各自支起小小的摊位，三五一群，有叫卖的，也有想来碰运气收一两件仙器的，鼓噪不休。

臆想中修行圣地的仙鹤、琼音、篆香与枯玄幽涩，此地一概没有，反倒像个人间集市。

十八岁的年飞尚不知他日后会改名“年明明”，开宗立派，长成一个低头看不见自己脚的胖修士。

彼时，他身材瘦小、貌不惊人，穿一身粗布麻衣的短打，背着寒酸的行囊，抬眼望向漫长的山路，又低头抹了一把热汗。少年仿佛是个惯常谄媚讨好的小叫花，对谁都笑脸相迎，油嘴滑舌，眉宇间却隐隐藏着一把少年式的戾气与坚忍。那股劲只有少年人才有，想必是因为幼时吃过苦，饿出了一颗能吞天噬地的野心，城府又未成，堪堪显露在脸上。

年飞本来生于富贵人家，无奈亲爹是个败家子，那时民间求仙问道之风愈演愈烈，大有疯魔的意思，无数痴迷于此道者文不成武不就，地不耕布不织，前仆后继地出家修行，年飞那遭瘟的破爹是其中走火入魔比较厉害的，因太过痴迷，竟抛下孤儿寡母，自己浪迹天涯去了。

他倒是浪得无拘无束、好不潇洒，小儿子年飞却刚出襁褓，母亲又柔弱，全无主意，家产理所当然地成了一块肥肉，三下五除二，便被人瓜分一空，母子二人相依为命，家徒四壁，只剩下仙爹留下的一摞修真典籍。年飞有记忆以来，没吃过饱饭，没穿过棉衣，母亲每日替人缝补衣物为生，因略有姿色，常常被村里的登徒子欺负，被欺负了也没地方说理，只好躲起来偷偷哭，本当盛年的脸上渐渐染上了青黄的悲苦之色。

怎么办呢？没有田，没有地，没钱送幼子进学习武，那便也子承父业，修仙吧。

母亲一开口，必然是："儿啊，你要好好读你爹留下的典籍，好好修行，将来呼风唤雨，咱们家就能享福了，娘这辈子，没别的指望，都靠你了。"

这话她颠来倒去地念叨了十五年，临死还不依不饶，拼了最后一口气："你要……好好地修行，将来飞……"

"升"字未曾落地，她自己就先儿子一步，"飞升"西方了。

"修行"二字，对于年飞来说，就像是一根与他同生共死的荆棘，有生以来就缠在他身上，与他骨肉一起长、与他密不可分，时时刻刻让他痛苦不堪，却又永远无法解脱。

草席一卷葬了母，他被迫走上了这条让他憎恨、又命中注定似的歧路。

然而天下仙门林立，十之八九都是骗子，真正的仙门寥寥，个个敝帚自珍，断然不会从外面随便捡弟子，年飞其貌不扬，资质平平，没头苍蝇似的到处乱转，哪有机缘入仙门？无数次被拒之门外，又让骗子骗光了最后一点盘缠。

而今，足下堂是他最后的希望。

足下堂是他在一个小酒馆里听到的，那天下了大雨，年飞两袖空空，没钱进酒馆，只好蜷缩在酒馆屋檐下躲雨，馆子里有个讨生活卖艺的说书人，说有四圣联合方外大能，在太行附近移山平谷，开“足下堂”，给天下散修一个容身之处，酒馆中从跑堂到客人全都听得心驰神往，甚至忘了将他这“乞儿”赶走。

年飞走过千山万水，艰难地四处搜寻“足下堂”的消息，零零碎碎地拼凑在一起，无数次地怀疑自己是疯了，连路上听来的只言片语也当真，又无数次义无反顾地继续往更疯的路途上走去。

足足找了两年，从不曾款待过他的命运终于眷顾了他，年飞没有疯，他终于找到了足下堂。

眼下正是足下堂会试的时节，年飞没日没夜地赶路，已经三天没有合眼，才算堪堪赶上，此时，他身无分文、饥寒交迫，被灿烂的日头晒得头晕眼花，着实是孤注一掷，穷途末路了。

幸亏，足下堂终于近在咫尺。

年飞心跳如鼓，狂奔到了会试点，负责登记的接引弟子正低头写着什么，并未抬头看他，旁边有个穿旧长衫的书生，正翻看足下堂招募的散修名单，不知是不是也是来报名的散修。

年飞深吸一口气走上前去：“我来报名。”

接引弟子的神识沉在书中，没听见。

年飞火热的心一下凉在半空，从未有人正眼瞧过他，因此他怕极了这种有意无意的忽略，一时间，所有受过的辱、遭过的拒绝全都涌上心头，他几乎有些站不稳，双手垂在身侧，不住地颤抖。年飞明知道，一声没听见，再叫一声便是，心里却不由得浮起心魔似的一串念头——足下堂也会这样吗？打着冠冕堂皇的旗号，实际却像那些门派一样，冷冷地朝他关上门？也会让他无功而返吗？

这时，旁边那位书生却抬头看了他一眼，只见那书生眉目清俊，神色安宁，冲他展颜一笑。得他一笑，年飞颤抖不息的双手莫名平静了下来，他堆出一个惯常的讨好笑容，声音大了些，又叫道："这位道友请了，我是来报名的！"

接引弟子终于被他惊动，连忙拱手道："对不住，小兄弟，方才神识在案头，没听见——你是来报名的？"

年飞心里升起细微的希望，又偷偷打眼看了旁边的书生一眼，疑心自己插了队。

那人真是好看，双目宛如平湖，一点不甚逼人的光亮含在其中，恰似两点月色，正与年飞的目光撞在一起，"书生"微微一笑，抬手示意他先请。

年飞的耳根一下红了，后脊几乎蹿起一层薄汗。

接引弟子请他写下自己名姓，又给了他一块木牌，问道："请问道友是因什么而入道的？"

年飞没听懂，嗫嚅道："什么？"

散修大多是野路子，有些纯属自己瞎练，连师父也没有，不知自己因何入道也不稀奇，那接引弟子见他面色茫然，便没再追问，话音一转，又道：“这些年，慕足下堂之名而来的道友太多，我等力有不逮，这才有会试一说，还望年道友见谅，按规矩，上会试台前，可否先请年道友回答几个问题——敢问道友，因何走上修行之路，大道三千，道友想走哪一条、哪一程，又要去往何方？”

你是谁？你从何而来，往何处而去？

凡人不管思量深浅、心性好歹，总归有条答案，唯有年飞听了，竟呆呆地站在三尺方桌之前，瞠目结舌，口不能言。他浑浑噩噩十八年，像一株馊水浇灌下苟延残喘长大的树苗，苦难与母亲那温柔而漫长的侵蚀是束缚他的藤，他花了十八年，不断挣脱，又不断失败，终于被禁锢到求仙问道这一条无望而孤独的路途上，被看不见的手强按着脖子低下头去，头晕眼花地来到此间。

他憎恨着抛妻弃子的父亲，却又被迫走上同一条路——不然干什么去呢？他想不出来，一想这些事，就喘不上气来。

接引弟子见他久不言语，诧异地抬头看着他：“年道友？”

“我……”年飞艰难地吐出一个字，“我……”

旁边那位俊俏的书生也看向他，四周人声鼎沸，唯独年飞眼前是一片难堪的沉寂。这时，那书生放下手中的小册子，轻声道：“问得突然，一时说不上来也是有的。”

接引弟子恭恭敬敬地一低头，道了声“是”，指着不远处的一处小高台，对年飞说道：“那便是会试台，请道友拿好名牌，等人叫就是。”

如果年飞没有那么魂不守舍，他大概会发现，那名接引弟子执的是晚辈礼。

会试台中，正有两人在较量，都是手持长剑，各使一套剑法，虽无大能们呼风唤雨的威风，每次出剑，依然小范围搅动着周遭五行之力，时而蹭出一层小火花，时而震动脚下土地，好不热闹。

年飞吃了一惊——他长到这把年纪，只读过他那败家爹留下的“经书”，钻研了许多年，倒背如流，也没瞧出那玩意儿和王八念经有什么分别，既没有人教过他何为“真元”，也没人教过他如何使剑。

那接引人还好心安慰了他一句：“这几日会试快结束了，人少，马上就到你——晚来的弟子能打得多啊。”

年飞：“……”

他原地坐立不安起来，几乎想翻身逃跑，脚跟却死死地钉在地上，木然地望向会试台边，连之前的两位如何结束的都不知道，突然，会试台后面的大石头上闪起荧光，“年飞”两字赫然在上！

年飞不知道自己是怎么走上会试台的，他的对手是一个少见的剑修，身材高大，面貌阴沉，剑修终日与冷铁为伴，大多沉默寡言，面无表情地朝年飞一抱拳，那剑修也不客套，说道：“请。”

登上会试台的一刹那，年飞恍然大悟，他父亲求仙问道是一场骗局，他从小读到大的经书和那骗光了他盘缠的野鸡门派一样，连旁门左道都算不上，都只是凡人们胡编乱造的臆想。

年家，三口，两代人，原来都活在这个臆想中。

同他交手的剑修虽也不过是个刚入门的散修，还是不费吹灰之力地将年飞砸下了会试台，年飞的草鞋带崩断，飞了出去，他趴在地上，泥蹭了满嘴，胸口被对方剑鞘戳过的地方好似漏了个窟窿，像条狗一样趴在地上。

和他交手的剑修吃了一惊，脱口问道：“你是凡人吗？”

年飞说不出话来，他仿佛听见周遭响起无数窃窃私语——

这是凡人吗？来这里干什么？

足下堂广招天下散修，虽说是“千里之行始于足下”，可是凡人……凡人没有脚啊。

可笑。

太可笑了——

六月天说变脸就变脸，一阵风掀起遥远的雨云，转眼就漫过山头，小贩们三下五除二收起自己的东西，争相跑开了，会试台上人来人往，每个人都怀揣着梦，想要绝云气、上青天、呼风唤雨，唯有年飞独自浑浑噩噩地爬起来，踉跄几步，坐倒在一棵大树下，觉得自己一生都是笑话。

雷声从山那边传来，豆大的雨点轰然落下，很快打湿了他勉强遮体的破衣烂衫，年飞饿了三天的肠胃好像烧起来似的。忽然，一个小贩跑得太快，掉了一块烧饼，年飞哆哆嗦嗦地伸手去够，刚咬一口，便被几个匆匆跑过的少年撞掉了。他眼睁睁地看着烧饼滚到泥水里，奔波忙碌的心弦陡然崩断。

他想："我为什么要活着？"

大雨把凡人的血泪化在其中，落花流水地往山下奔流而去，没有人知道"年飞"是哪根葱，那个十八岁的小子独自一人，号啕大哭起来。

不知过了多久，他精疲力竭，才发现头顶如瀑的雨幕居然被什么隔断了，年飞茫然望向依然没有停息意思的骤雨，缓缓抬头，见方才那俊美书生手里撑着一方油纸伞，正负手站在他身后。

也许是雨水给他镶了一层边，年飞呆呆地望向他，忽然觉得他身上有几分清润的仙气。

书生伸出手，手指修长，白玉似的，凭空一抓，一颗貌不惊人的丹药便落在了他手心里，沁着一股幽幽的香气，说不出是什么，却让年飞下意识地吞了口口水。

“我不曾带干粮，”那“书生”道，“这是给小辈们准备的辟谷丹，虽不能解口腹之欲，好歹不至于让你挨饿，先含一颗应急吧。”

辟谷丹是民间传说版本最多的一种仙丹，原来其实没什么味，入口如水，有一点浅浅的艾草气息，没仔细尝就消散了，像一贴药，片刻，年飞火烧火燎的腹中平静下来，回想起眼前这“书生”口中说“小辈们”的神态，便知他必然是哪里的仙人大能，大到什么程度，年飞不知道，只好驾轻就熟地摆出一副狗腿的谄媚样，跪在地上要给他磕头：“多谢仙长，仙……”

一股柔和而不容置疑的力道阻止了他，年飞膝下一空，等他回过神来，已经站了起来。这时，一个小贩赶着马车匆匆跑过，碾过地上的积水，飞溅起来老高，正溅在“书生”一尘不染的长衫衣摆上，甩了一排泥点。

“书生”面无愠色，眼皮也不抬，年飞却下意识地跳起来，露出一脸货真价实的义愤，当即便要上前将那小贩拦下，他好像一条尽忠职守的恶犬，已经熟门熟路地认了主人。

那“书生”却一伸手，按住了他的肩，仙人微凉的手指按在少年衣不蔽体的肩上，年飞下意识地缩了一下脖子，知道自己脏，连忙自惭形秽地弓起肩。

就在这片刻光景，讨人嫌的马车已经辘辘地疾驰而去了，车夫的催促声传出老远。

年飞觑着对方的神色，讪讪问道：“仙长，你不生气吗？”

那书生模样的修士笑道：“尘与雨水、土与泥浆，你与我，皆归天地，道通为一，沾便沾了，这等小事，有什么好气？”

年飞愤愤道：“可是他们竟敢对仙长不敬……”

修士挑眉道：“何为不敬？”

年飞一呆，怀疑这位随便拿着辟谷丹送人的修士可能脑子有点问题，然而心里怀疑，面上依旧恭顺有佳道：“仙长这样的大能立在道边，他们非但熟视无睹，不来拜见，还恶意搅起污渍，污染仙体，便是大不敬。”

修士笑道：“我不过是东海一散修，并非大能，何况凡人无气感，肉眼凡胎，在他们眼里，我与你并无不同，既然将泥水飞溅到我身上是对我恶意，那么方才撞飞你手中烧饼的路人，是否也是对你有恶意？”

年飞勉强笑道：“小人算什么……”

那修士又道："将你击落会试台的剑修是对你有恶意，故意问你答不出问题的足下堂弟子是对你有恶意，匆匆而过、并不对你瞩目之人是对你有恶意，这场意外而落、让你好不狼狈的大雨也是对你有恶意——还有谁？"

年飞明知他说的都是无稽之谈，心里却莫名涌上说不出的委屈，忽然想起一路的艰辛、一路遭过的白眼，坚硬的自尊在他浅薄的胸口中辗转反侧，仿佛要在原地辗转出一个坑来，一时说不出话。

那修士转向他，眼中似有光，又似有一片浩瀚东海，他叹道："小兄弟，是万事万物于你有害，还是你心怀不平，困于己身，不肯睁眼往外瞧，以至于外物有一点忤逆，都是大不敬，都是害你？"

年飞呆住了。

"人心可富有四海，也可身陷囹圄，看你自己的心愿了。"那修士一笑，转身走向大雨中，漫天的雨幕垂坠而下，却不知为什么，打不湿他披散的长发与长衫，他一摆手，一道白光自袖中而出，直入年飞的额头，"这是几句入门练气之诀，不值什么钱，你若有心，可自行修炼，来日想好了足下堂前三个问题如何答复，可以去东海找我。"

年飞喃喃道："前辈是……"

"我乃青龙岛散修顾岩雪。"那人身影飘忽几下，已经不见了踪影，唯有一声叹息似的"再会"飘荡于天地间，萦绕在耳端不去。

顾岩雪负手于山间，仿佛缓缓行路，数十里山路却仿佛在他脚下缩地成寸，转眼便到了山脚，一个黑衣人影追上来落在他身边，没开头没落款地问他道："怎么，你大老远来一趟，不光送典籍，还要顺手收弟子吗？足下堂中有资质的不少，怎单看上了一个凡人？"

"童如兄人在足下堂中，眼观六路，耳听八方啊。"顾岩雪笑了笑，随即，他又道，"你莫要诓我，就算我不管，怕是不等这场雨下完，你也会叫人将他抬进去的。"

童如一挑眉："哦？"

"前来足下堂之人，都以为会试台才是真正的考核，并不看重那三个问题，被问起时，往往由着性子侃侃而谈，谁都能说出个四五六来，唯有他沉默不语。"顾岩雪缓缓说道，"可是想来，我等毕生所求，不也就此三问吗？他说不出，必是因为曾被这三问苦苦纠结，这种人或是为其际遇所磨砺，或是天生悟性通透，可谓身在五行中，心已入道门，无论哪种，都是不可多得的资质。”

“人人都在修手中剑、掌上风，想早日凝神出鞘，呼风唤雨，单你想法恁多，这话听来，倒真与我家小椿是知己了。”童如笑道，“也罢，这墙角让你挖便挖了，下月初三，莫忘了回来讲经啊，天下座师。”

顾岩雪无奈道：“‘天下座师’是个什么诨号——足下堂分明是你牵头所建，怎么总要我来教？你干什么去？”

“我才不讲，若是再遇上个你们这样的怪胎，剑不好好练，符咒不好好学，成日里胡思乱想不务正业，能把我活活气死，”童如说着，纵身跃入云间，“一个小椿还不够我受的？我回扶摇山查他功课去了！”

那时，四圣如日中天，扶摇独树一帜，有漫天的高手腾云驾雾，有孤独的少年痛苦诘问，讲经堂还未搬到青龙岛，明明谷主尚未走上仙途，心魔谷牢牢地镇在扶摇山之下，韩木椿还在山间问天问地、种花除草……偶尔因功课偷懒，被师父关上几个月禁闭。

尚不知人间多歧路。

三百年后，青龙岛旧址。

海市又开，无数求仙无门的散修前仆后继而来，以期千里之行，始于此处。

一个紧张的散修少年排队等着领名牌，唯恐自己资质不够，不断在心里默念自己学过的大小功法，饶是这样，领名牌时还是紧张得直结巴。接引的弟子抬头朝他一笑：“就算今年会试不过，下次海市也能接着报名，又不是一锤子买卖，这位道友请不必紧张，我原也是散修，报考了三次方才进来的。”

少年面红耳赤地应了一声“多谢”。

接引弟子又道：“上会试台前，还请道友回答我三个问题——敢问道友，因何走上修行之路，大道三千，道友想走哪一条、哪一程，又去往何方？”

少年一怔，还没来得及开口，忽然，周围响起一阵惊呼，他跟着众人一同抬头望去，见空中有两人御剑而过，风云避让，是有大能经过。

有人惊呼道：“是扶摇的前辈！”

青龙岛的讲经堂是扶摇派年真人一手经营建起的，扶摇乃十大仙门之首，当世绝顶高手，十有四五出自扶摇，就连百兽俯首的妖王也曾是扶摇弟子。说话间，云上之人落在山巅，远远地朝讲经堂外排队的修士们看了一眼，有眼毒的看清了那人装束，惊呼道：“可是年真人亲临吗？”

接引弟子起身，向那两人躬身一礼，回道："正是。"

"那另一位……"

接引弟子与有荣焉似的，回道："另一位便是游梁前辈了。"

"什么！"

"那位'剑神'吗？"

"我等有生之年居然也能见到剑神域的剑修！"

"游前辈会在讲经堂里露面吗？"

……

隔着山的窃窃私语自然能飘进大能的耳朵，年大大听完一笑，挤对游梁道："师弟，瞧你露一次面把人家激动的，不如留下来讲几课？"

游梁为人冷淡，比起他的亲师父，倒是更像扶摇山上那位常年神龙见首不见尾的半仙，唯有见了自家人，锋利的眼角眉梢才会露出些许柔和神色。

"不了，"他说道，"我还得替师父跑腿去趟南疆，顺路过来是替二师叔带话，中秋将至，东海桂花酿冠绝天下，今年小师叔要回来，别忘了给她多带几壶。"

年大大笑道："这话哪里用叮嘱？"

游梁朝他露出了一点吝啬的笑意，想了想，又问道："师兄，讲经堂门口三问，是你的主意吗？细细想来，倒是颇有些意味。”

“哪里，”年大大道，“这是承袭自当年青龙岛讲经堂的规矩，还是我爹偶然醉酒后与我提起的，我爹当年资质有限，头一次在足下堂没答上来，第二次去了东海青龙岛，依然没答上来，倒是顾岛主与他颇为投缘，即便这样还是破格收了他，想必是走了狗屎运吧。”

“师兄慎言，年谷主当年与三师叔交情匪浅，你再要胡说八道，给三师叔听见了又要罚你。”

“唉，知道，知道了，我可惹不起他老人家……”

全书·完